회귀의
절대자

회귀의
절대자 4

초판 1쇄 인쇄일 2016년 10월 25일 | **초판 1쇄 발행일** 2016년 10월 27일

지은이 원태랑 | **펴낸이** 곽동현 | **담당편집 팀장** 이범수
편집부 신연제 이윤아 홍현주 김유진 임지혜

펴낸곳 (주)조은세상 | **출판등록** 제 2002-23호
주소 경기도 연천군 미산면 청정로 1355
TEL 편집부 02)587-2966 | FAX 02)587-2922
e-mail bukdu@comics21c.co.kr

ⓒ원태랑 2016
ISBN 979-11-5832-680-7 | ISBN 979-11-5832-643-2(set) | 값 8,000원

회귀의 절대자

원태랑 현대판타지 장편소설

NEO MODERN FANTASY STORY

4

북두
(주)조은세상

회귀의 절대자

CONTENTS

NEO MODERN FANTASY STORY

NEO MODERN FANTASY STORY

1. 드래곤.

회귀의 절대자

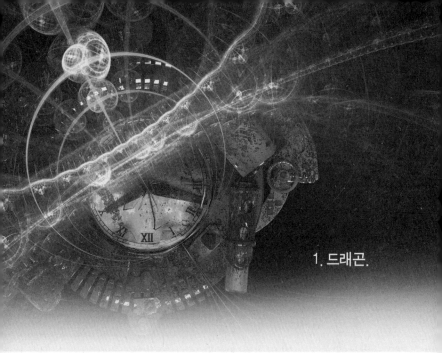

1. 드래곤.

　한성이 코어 안으로 입장하자 기억 속 모습 그대로의 공간이 보이고 있었다.

　커다란 동굴을 연상케 할 정도로 어두컴컴한 공간 천장에는 고드름 모양의 마나등이 수천 개 넘게 붙어 있었고 마나등에서 새어 나오고 있는 희미한 불빛은 하나 둘 씩 쌓이며 주변을 환하게 만들고 있었다.

　한성이 들어왔지만 미리 들어온 헌터들은 시선을 한성에게 주고 있지 않았다.

　지금 모두의 시선은 숨을 죽인 채 한 곳으로 향하고 있었다.

　드래곤.

코어의 최종 보스인 드래곤이 코어 한 복판에서 자리를 잡고 있었다.

월드 던전 3단계부터 던전의 보스는 드래곤 이었는데 지금 눈앞에 보이고 있는 화이트 드래곤이 가장 약한 드래곤이었다.

물론 약하다 하더라도 그건 어디까지나 드래곤의 기준으로 약하다는 것 이었지 그 강함은 결코 수십, 수백 명의 헌터들로는 잡을 수 없는 수준이었다.

다만 지금 드래곤은 상태가 정상이 아닌 듯이 드래곤의 입에서는 고통에 찬 신음 소리가 울려 퍼지고 있었다.

드래곤의 복부 쪽으로는 상당히 큰 상처가 나 있었는데 바로 건틀릿이 낸 상처였다.

재생이 되고는 있었지만 그 속도는 너무나 늦었고 아직까지 드래곤의 내장은 밖으로 드러나 있는 상황이었다.

지금 한성이 신경 쓰고 있는 건 드래곤이 아니었다.

한성은 제일 먼저 세이프 타워를 찾고 있었다.

기억처럼 동굴의 구석 부분에는 세이프 타워가 한 개씩 자리를 잡고 있었다.

다만 그 앞으로는 수천의 병사들이 대기를 하고 있었고 무엇보다 드래곤을 거쳐 지나가야만 했다.

드래곤의 주변으로는 경계선을 만든다는 듯이 은색의 마나 쉴드가 쳐 있었다.

아티팩트의 배리어처럼 지금 은색의 기운은 드래곤을 밖

으로 나오게 하는 것을 막아주고 있었는데 플레이어 중 누구라도 배리어 안쪽의 드래곤을 공격할 경우 배리어는 자동으로 사라졌고 드래곤은 밖으로 나올 수 있었다.

바꾸어 말하면 드래곤은 헌터들이 먼저 공격을 하지 않는 이상 헌터들을 공격 할 수는 없었다.

드래곤을 잡기 위해서는 미리 준비를 한 상황에서 시작을 해야 했다.

탱커와 보조계가 준비를 하기도 전에 실수로라도 드래곤을 건드리면 돌이킬 수 없는 상황이 발생된다는 것을 포돌스키는 알고 있었다.

포돌스키는 자신이 도착하기 전 까지는 그 누구도 드래곤을 건들지 못하게 명령을 내려 두었다.

그 탓에 부단장급 이상의 인물들만 배리어 주변에서 경계를 서고 있었는데 정작 이들이 지키고 있는 것은 드래곤이었다.

아직 타 지역구는 도착하지 못한 상황이었지만 세이프 타워로 가는 방향에는 수천 명의 헌터들이 대기를 하고 있었다.

포돌스키가 미리 지시를 내려 준 것처럼 군단들은 각자 자리를 잡고 있었고 에솔릿과 다른 HNPC들이 드래곤을 탱킹할 준비를 하고 있었다.

모두의 시선이 드래곤에 쏠려 있는 틈을 타 한성은 빠른 걸음으로 세이프 타워 쪽을 향해 달려가기 시작했다.

그때였다.

포돌스키와 리민수 역시 코어 안으로 들어오고 있었다.

포돌스키가 한성을 향해 외쳤다.

"테러리스트 입니다! 잡으세요!"

포돌스키의 외침이 동굴 안에서 울려 퍼지며 모두가 한성을 바라보는 순간이었다.

한성의 손이 허공으로 향했다.

촤아아아앗!

손에 착용된 사슬이 늘어나는 것과 동시에 천장에 있는 고드름 형상의 마나등을 감싸 안았다.

촤아아앗!

사슬이 줄어드는 것과 동시에 한성의 몸은 천장으로 솟구쳤고 한성의 양손은 번갈아 가며 사슬을 뿜어냈다.

촤아아앗! 촤아아앗!

연이어 천장에 사슬이 묶이며 순식간에 하늘을 날아가는 것처럼 한성의 몸은 병사들의 머리 위를 지나쳐 가고 있었다.

병사들은 무슨 일이 벌어지는 지조차 알 수 없다는 듯이 어안이 벙벙한 표정을 짓고 있었다.

추격을 하면서도 리민수는 의아한 생각이 들었다.

HNPC를 비롯하여 이 많은 자들을 상대하고 세이프 타워로 탈출한다는 것은 불가능했다.

'왜 이리로 들어온 건가? 저 정도의 실력이면 나를 제거하고 달아날 수 있었을 텐데? 설마 포돌스키의 실력이 더 위라고 생각한 건가? 어찌되었건 이곳에 들어온 이상 달아날 곳은 없다.'

세이프 타워가 있는 쪽에는 드래곤이 자리 잡고 있었고 그 주변으로는 수천의 병사들이 대기를 하고 있었다.

이곳에 들어온 이상 한성이 달아날 수는 없다고 생각하고 있었지만 포돌스키는 달랐다.

'설마? 하지만 알 수는 없을 텐데?'

어찌된 일인지 포돌스키는 당황하고 있었다.

"잡으십시오!"

포돌스키의 명령에 정신을 차린 몇몇 이들이 한성을 향해 공격을 하는 순간이었다.

피슝! 피슝!

이미 한성의 손에는 대형 방패가 들려 있었다.

팡! 팡! 팡! 팡!

마나의 빛이 쏟아져 오고 있었지만 이 거리에서 한성의 방패를 뚫을 수는 없었다.

대형 방패로 몸을 가리면서 한성은 어느새 드래곤 앞에 있는 배리어에 당도해 있었다.

드래곤 앞에서 출입을 통제하고 있던 병사들이 뛰어 나오는 순간이었다.

좌아아앗!

속공을 최대한도로 끌어올린 한성의 움직임은 순식간에

그들을 스쳐 지나갔다.

지금 상황에서는 실력을 감출필요도 감출 수도 없었다.

달려가고 있는 한성은 자신의 모든 기운을 동시에 뿜어내고 있었다.

온 몸에 마나의 기운이 휘몰아치는 가운데 마나의 힘이 더해진 대형 방패는 하나의 거대한 바위 덩어리가 되고 있었다.

한성의 방패에 헌터의 몸이 부딪칠 때 마다 굉음이 울려 퍼지기 시작했다.

퉁! 퉁! 퉁!

한성에게 달려들고 있던 헌터들의 몸이 하나 둘 씩 허공으로 솟구치고 있었다.

"우와아아앗!"

이들에게는 관심 없었다.

한성의 시선은 드래곤으로 향하고 있었다.

드래곤 역시 한성을 의식했다는 듯이 바라보고 있었는데 점점 더 드래곤을 향해 가까이 다가가고 있는 한성의 모습에서 지금까지 반신반의 했던 포돌스키는 한성의 의도를 알아 차렸다.

"죽여! 드래곤 근처에 가지 못하게 해!"

다급한 외침이 울려 퍼지는 순간이었다.

군단장과 부단장들이 검을 빼들고 달려오기 시작했다.

몸통 박치기를 하 듯이 돌격해 오는 한성과 거리를 두며 각자의 스킬들이 발산되려는 순간이었다.

좌아아앗!

방패를 버린 한성의 양 손에서 사슬이 뻗어나가기 시작했다.

사슬이 노린 부분은 달려오고 있는 군단장들과 부단장들의 다리였다.

마치 사슬 끝에 손이 달린 것처럼 사슬은 헌터들의 다리 사이사이를 휘저으며 다리를 잡아당기고 있었다.

뱀처럼 움직이는 사슬의 움직임을 이들이 당해낼 수는 없었다.

"우와아악!"

스킬을 시전하기 위해서는 잠시 짧은 멈춤이 있어야 했는데 지금 한성의 사슬은 이들에게 스킬을 시전 할 짧은 시간마저 주지 않고 있었다.

헌터들은 그대로 엎어지고 있었고 길이를 최대한 도로 늘인 사슬은 한성의 손이 움직일 때 마다 사슬은 주변의 헌터들을 자빠뜨리고 있었다.

"우와아아앗!"

갑작스러운 공격에 관리자들이 연이어 쓰러지고 있을 때였다.

한성의 몸이 솟구쳤다.

허공으로 떠 오른 한성의 손에는 어느새 검이 들려 있었다.

검이 노린 것은 인간이 아니었다.

던전 최강의 생물이라는 드래곤을 향해 한성은 일체의 주저함도 없이 검을 휘둘렀다.

촤아아아앗!

"안 돼!"

포돌스키의 외침이 끝나는 순간 한성의 검에서 뻗어나간 빛줄기는 그대로 드래곤을 명중시켜 버렸다.

미약하게 흘러 들어간 마나의 기운이 드래곤에 닿는 순간이었다.

"크아아아아아아아!"

드래곤의 울부짖는 소리가 동굴 안에 울려 퍼졌다.

귀를 찢을 것 같은 굉음에 사람들은 양 손으로 귀를 막고 있었고 한성은 세이프 타워 쪽이 아닌 에솔릿과 HNPC가 있는 쪽으로 움직였다.

한성이 다가오고 있었지만 지금 이들의 시선을 압도하고 있는 것은 드래곤이었다.

수천의 병력도 눈앞에 보이고 있는 HNPC들도 드래곤의 눈에는 보이지 않고 있는 것 같았다.

감히 자신에게 공격을 했다는 사실 만으로도 드래곤은 분노하며 울부짖고 있었다.

쿵! 쿵! 쿵! 쿵!

동굴 전체가 드래곤의 움직임에 흔들리는 순간이었다.

아무리 HNPC라 하더라도 드래곤의 기세에는 놀라지 않을 수 없었다.

HNPC중 한명이 반사적으로 드래곤을 향해 공격을 가했다.

촤아아앗!

"아, 이런!"

포돌스키의 얼굴에도 당황함이 가득해지고 있었다.

날아간 섬광이 드래곤에 명중되는 순간이었다.

'지금이닷!'

한성은 재빨리 방향을 바꾸었다.

원칙적으로 드래곤은 자신을 처음으로 자신을 공격한 대상에게 공격을 가하는 것이 우선이었지만 누군가 처음 공격 보다 더 강한 공격을 가한다면 드래곤의 공격성은 바뀌게 되었다.

한성이 노린 부분이 이 부분이었다.

한성은 의도적으로 드래곤을 향해 최소한의 힘을 사용했고 한성에게 향했던 드래곤의 공격성은 곧바로 더 강한 공격을 집어넣은 HNPC에게로 향하고 있었다.

드래곤의 시선이 HNPC에게 향하는 순간 한성은 곧바로 세이프 타워 쪽으로 달려가기 시작했다.

"이, 이럴 수가!"

한성이 바로 옆을 지나쳐 가고 있었지만 드래곤은 거들 떠보지도 않고 있었다.

오히려 자신에게 공격을 한 HNPC에 분노를 느낀다는 듯이 드래곤의 입에서 브레스가 뿜어져 나왔다.

쏴아아아아아!

"피해!"

포돌스키의 외침에 에솔릿은 피했지만 드래곤에게 공격을 가했던 호랑이 HNPC는 피하지 못했다.

쏴아아아아앗!

1M 넓이의 브레스는 호랑이 HNPC를 필두로 뒤쪽에 있는 모든 헌터들을 녹여 버리고 말았다.

포돌스키가 외쳤다.

"에솔릿 탱킹!"

상황이 이렇게 된 이상 어쩔 수 없었다.

포돌스키의 명령에 에솔릿의 몸이 드래곤을 가격했다.

콰과과광!

에솔릿의 여섯 개의 손 중 네 개가 드래곤의 몸을 찍어 버렸고 확장된 거대 손톱은 드래곤의 피부를 파고들고 있었다.

"크아아아아아!"

괴성 소리와 함께 드래곤의 몸이 흔들리고 있었다.

건틀릿에 의해 약화된 드래곤은 자신의 몸에 박힌 에솔릿의 손을 뿌리치지 못하고 있었다.

에솔릿이 드래곤의 몸을 붙잡는 순간이었다.

"총 공격!"

순식간에 상황은 아수라장이 되어 버리고 말았다.

수천명의 헌터들이 동시에 드래곤을 향해 달려들기 시작했고 코어 안은 거대한 혼돈에 빠져 버리고 있었다.

드래곤이 꿈틀 거릴 때 마다 에솔릿의 손톱은 드래곤의 몸을 더욱더 깊게 파고들고 있었고 드래곤이 움직일 수 있는 것은 양 날개 밖에 없었다.

좌아아아아아앗!

드래곤이 들어 올리는 양 날개에서 뻗어간 마나의 기운은 순식간에 헌터들을 녹여 버리고 있었다.

비명이 울려 퍼지는 가운데 한성은 뒤쪽은 바라보지도 않은 채 세이프 타워를 향해 달려가고 있었다.

세이프 타워에 빛이 발산되는 것과 동시에 한성의 귀로는 세이프 타워의 기계음이 울리기 시작했다.

[세이프 타워 작동합니다. 귀환까지 5, 4, 3, 2, 1.]

코어를 빠져나가는 순간 한성은 코어 안쪽을 바라보았다.

드래곤을 붙잡고 있는 에솔릿과 울부짖고 있는 드래곤.

그리고 수많은 공격을 퍼붓고 있는 헌터들이 보이고 있었다.

지옥을 연상케 광경이 벌어지고 있는 가운데 자신을 노려보고 있는 포돌스키의 시선이 느껴지고 있었다.

'다시 만나면 반드시 죽이마.'

포돌스키의 노려보는 시선은 그의 의지를 충분히 전해주
고 있었다.

　처참한 전투가 벌어지고 있는 가운데 한성의 몸은 빛과
함께 사라져 버렸다.

NEO MODERN FANTASY STORY

2. Baby Box

회귀의 절대자

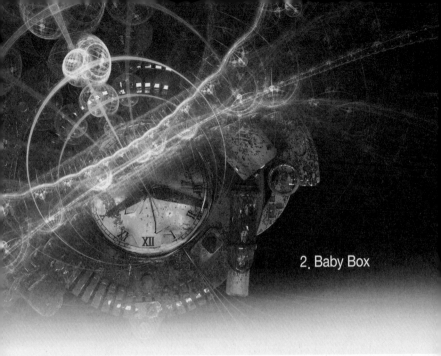

2. Baby Box

보름 후.

보름 전에 일어난 일이었지만 언론은 이제야 대한민국이 속해 있는 12 지역구가 코어를 점령했음을 공식적으로 발표했다.

원래 드래곤을 잡기에는 며칠이 걸렸고 전 세계 모든 지역구들이 힘을 합쳐야 했지만 포돌스키의 지휘하에 있던 12 지역구는 단독으로 드래곤을 하루 만에 잡았다.

심장 하나가 빠져 있는 드래곤은 원래의 힘을 제대로 갖출 수 없었다.

결국 에솔릿은 물론이고 관리자들까지 한 번에 올인을 한 포돌스키의 도박은 통했다.

지금 전 세계 국민들의 모든 시선은 월드 던전으로 향하고 있었다.

월드 던전에 참가한 지역구 중 가장 큰 공을 세운 12지역구는 월드 던전에서 가장 큰 소유권을 누릴 수 있게 되었고 이 소식은 모든 12지역구 국가의 국민들에게 만세를 부르게 했다.

언론에서는 월드 던전에서 쏟아져 나올 천문학적인 금액을 산출하기에 바빴고 의료계에서는 월드 던전에서 나오는 상급 정수의 양이 부족분을 채워 줄 거라 예측하고 있었다.

주식 시장은 급변하고 있었고 던전에 관련된 주식들은 수직으로 상승하며 이제 전 세계에서 가장 부유한 나라는 12지역구의 나라들이 될 거라는 말까지 나오고 있었다.

수 많은 경제적 파장과 영웅담들이 쏟아져 오는 가운데 그 어디에서도 저항군에 대한 이야기는 없었다.

한성에게 죽은 대만의 관리자 진첸민은 월드 던전에서 부하를 구하고 죽은 영웅이 되어 있었고 저항군이 점멸 당했다는 사실은 그 어떤 언론에도 언급되지 못하고 있었다.

물론 포돌스키의 의도대로 12 지역구 혁명단은 모든 사실을 알고 있었다.

포돌스키는 의도적으로 혁명단 몇몇을 살아 돌아가게 해주었고 소문은 빠르게 퍼져갔다.

월드 던전에 참여하지 않았던 혁명단들 조차 그 결과를 똑똑히 보게 되었다.

관리자들에게 대항을 한 자들은 시체조차 찾지 못한 채 그 누구도 알아주지 않는 죽음을 당했고 침묵하고 있던 **혁명단**들은 목숨을 건진 것 뿐만 아니라 100억이라는 포상금을 가지고 현실에서 부귀영화를 누릴 수 있게 되었다.

전 세계 국민들은 눈치 채지 못했지만 관리자들은 12 지역구의 혁명단들의 활동이 현저히 줄어들었다는 것을 이미 알고 있었다.

행여나 새어나간 소문에서 국민들의 관심을 돌리기 위해서 일까?

포돌스키는 획기적인 제안을 했다.

"국민들에게 돌려 드립니다. 원래는 한 가구당 20억씩 드리려 했으나 경제적 파장을 고려해서 연금 형식으로 1년에 2억씩 10년에 걸쳐서 매해 여러분들에게 지급해 드리겠습니다. 해븐 조선을 만들기 위해 여러분들에게 보답을 드리는 작은 정성을 받아 주세요."

대다수의 국민들은 환호성을 외치고 있었지만 빛이 있다면 어둠이 있게 마련이었다.

❖

포항.

밤의 물결이 출렁이고 있었다.

늦은 밤 포항의 항구 골목에서는 몇몇 이들이 조심스럽게 모습을 드러내고 있었다.

사내들 중 한명이 앞으로 나서며 말했다.

"울산과 부산의 혁명단입니다. 세 명입니다. 이게 전부입니다."

이들의 앞에는 한성을 비롯하여 몇몇 이들이 모여 있었다.

"환영합니다."

"오시느라 수고가 많으셨습니다."

이들을 반겨주는 목소리가 이어지고 있는 가운데 참담한 목소리로 지수가 속삭이듯이 말했다.

"더 이상은 없는 것 같습니다. 12명이라니 참으로 초라하군요."

월드 던전에 참가한 대한민국 혁명단 중 지수와 민석이를 포함해 살아남은 자들은 EXIT 스킬을 사용한 8명 밖에 없었다.

월드 던전에 참여하지 않은 혁명단의 숫자 까지 합치면 100명은 훨씬 넘었는데 지금 모이기로 한 장소에 도착한 자들은 채 12명에 지나지 않았다.

한성은 담담히 대꾸했다.

"어차피 각오가 되어 있지 않은 자들은 올 필요 없다."

혁명단 중 유일하게 도끼를 주무기로 사용하고 있는 철호가 말했다.

"쳇! 돈이 좋은 가 보군. 내 목에도 100억이 걸렸다니까.

뭐 하긴 1000억 걸린 사람에 비하면 말할 처지는 아니지만."

철호의 시선은 조심스럽게 한성으로 향했다.

포돌스키는 혁명단원들에게 상금을 걸었는데 한성의 경우 포상금이 무려 1000억이었다.

돈으로 혁명단을 흔들겠다는 포돌스키의 의도는 적중했다.

혁명단 대부분은 겁을 먹게 되었고 몇몇 이들은 오히려 서로를 밀고까지 하는 상황이었다.

지금 만나기로 한 장소 역시 3번이나 장소를 바꾼 마지막 장소였고 혁명단이 모이기로 한 장소에는 여지없이 국가 소속의 각성자들이 나타나고 있었다.

서로를 믿을 수 없게 되어버린 상황에서 더는 한국에 있을 수 없었다.

이들은 누군가를 기다리고 있다는 듯이 항구쪽을 바라보고 있었는데 이들의 시선이 향한 곳은 대형 선박선이었다.

늦은 시각 이었지만 항구 주변에는 환하게 불빛이 감돌며 쉴새 없이 배들이 오가고 있었다.

항구 쪽에서 그림자가 다가오는 모습에 유리가 말했다.

"아, 저기 옵니다."

항구로 내려가 있었던 민석이가 돌아오고 있었다.

민석이가 말했다.

"준비되었습니다. 일단 일본으로 밀항한 후에 그곳에서 갈아탄 후 멕시코로 향한다고 합니다."

한성은 밀항을 생각하고 있었다.

자신이 혁명단과 내통되었다는 사실이 들켰고 혁명단에 대한 탄압이 시작되는 가운데 더 이상 대한민국에서의 활동은 힘들었다.

한성은 이들과 함께 멕시코를 거쳐 미국으로 건너갈 생각이었고 미국에서 벌어질 대 혁명에 동참을 할 생각이었다.

미국의 혁명단들은 비밀리에 전 세계 혁명단에게 모일 곳을 지정해 주고 있었고 극비 사항인 탓에 이들이 일차적으로 모일 장소는 미국과 멕시코의 경계 지방이었다.

물론 비행기를 이용할 수는 없었다.

한성이 말했다.

"출발이다."

대한민국 최고의 혁명단이라는 말이 초라할 정도로 12명의 사람들은 항구쪽으로 내려가기 시작했다.

한성 일행이 항구로 내려가고 있던 그때였다.

한쪽에서 무언가를 본 지수가 걸음을 멈추었다.

"잠시만."

지수는 한쪽으로 걸어가고 있었다.

사람들의 시선이 지수가 향하는 쪽으로 향했다.

십대로 보이는 어린 여자 한명이 머뭇거리고 있었는데

그녀의 두 손에는 아기가 들려 있었다.

BABY BOX라고 쓰여 있는 상자 앞에서 여자는 주저하고 있었는데 결심을 굳힌 듯이 서서히 다가가고 있었다.

박스를 열고 아기를 집어넣으려는 순간 지수가 앞을 막았다.

여자는 깜짝 놀라고 있었는데 한성이 말했다.

"쓸데없이 눈에 띄지 마라."

한성의 말했음에도 지수는 여자를 노려보며 짧게 말했다.

"하지 마."

젊은 여자는 깜짝 놀란 듯 본능적으로 내려놓고 있던 아기를 품으로 가져가며 지수를 바라보았다.

지수가 말했다.

"네 아기 잖아. 네가 책임져."

노려보는 지수의 시선에 여자는 덜덜 떨고 있었음에도 울먹이며 말했다.

"저, 키울 수 없어요. 이곳에 넣으면 국가에서 잘 키워준데요. 저랑 있는 것 보다 더 행복할 거예요."

"거짓말이야. 이곳에 아기를 넣으면 아기는 에너지로 소멸되어 버려."

놀란 듯이 여자의 눈이 커졌다.

"거, 거짓말! 분명 국가에서는······."

지수가 그녀의 말을 자르며 말했다.

"거짓말이 아니야. 몇 달만 기다려. 이제 세상에 진실이 드러날 거니까."

절대자가 감추고 있는 비밀 중 또 하나가 바로 Baby Box였다.

Baby Box.

말 그대로 능력이 되지 않은 부모들을 대신하여 국가가 맡아 주는 기능을 하는 장소였다.

이것 역시 논란이 되고는 있었지만 전 세계적으로 갓 태어난 아이들을 보살펴 준다는 명목 하에 Baby Box는 그 어느 때보다 활발하게 장려되어지고 있었다.

얼핏 보면 버림받을 아이들을 구해주는 것처럼 보이고 있었지만 사실 이 아이들 역시 다잉캡슐처럼 에너지로 전환하기 위한 용도였다.

기록이 전혀 남지 않는다는 점과 비밀이 보장된다는 점에서 Baby Box를 이용하는 자들은 상당히 많았다.

여자는 아기를 안고 있는 채로 제자리에서 주저앉아 버렸다.

흐느끼는 울음소리를 뒤로 한 채 한성 일행은 항구로 향하기 시작했다.

3. 네크로맨서.

회귀의 절대자

3. 네크로맨서.

　2주 후.

　일본에서 출발한 화물선은 태평양을 지나 아메리카 대륙 서부 근처에 도착을 하였다.

　최종 목적지는 미국 이었지만 한성 일행이 일차적으로 도착한 곳은 멕시코의 국경 지대였다.

　이미 전 세계 혁명단들은 만날 지점을 정해 놓은 상황이었고 한성 일행은 멕시코의 혁명단과 만난 상황이었다.

　멕시코의 관리자는 히메네스라는 인물이었는데 포돌스키는 말할 것도 없었고 다른 관리자들에 비해 현저히 떨어지는 실력의 인물이었다.

과거 절대자와의 전쟁에서도 그는 별 볼일 없이 죽음을 맞이한 인물이었는데 그 탓인지는 몰라도 멕시코 지역은 아직까지 혁명단이 큰 탄압을 받지 못하고 있었다.

지금 한성 일행과 만난 멕시코의 혁명단 숫자는 백여 명이 넘고 있었다.

멕시코의 혁명단 중 리더인 호세가 말했다.

"미국의 혁명단과는 이미 연락이 되었습니다. 이곳에서 남미의 혁명단을 만난 후에 함께 샌디에고로 올라갈 예정입니다. 국경지대의 장벽을 뚫으면 샌디에고 까지 거리는 20KM에 불과 합니다. 속공을 사용한다면 충분히 하루에 갈 수 있는 거리입니다. 비밀 보안을 위해 그 다음의 위치는 모릅니다. 샌디에고에서 다음 도착지를 알려줄 겁니다."

보안을 위해 미국의 혁명단원들은 여러 곳을 거쳐 오게 했는데 한성은 이미 최종 목적지가 새크라멘토 라는 사실을 알고 있었다.

지수가 멕시코 혁명단원들을 보며 물었다.

"이렇게 많은 숫자의 사람들이 동시에 갈 겁니까? 지금만 하더라도 100명이 넘는데 너무 많은 것 아닙니까?"

국경 근처에는 상당수의 국경 수비대가 있을 것이 분명했다.

이렇게 다수의 사람들이 동시에 간다면 오히려 눈에 띄지 않는 것이 더 이상했다.

지수의 물음에 호세가 고개를 저으며 말했다.

"미국으로 넘어가는 건 최정예 요원들뿐입니다. 저를 비롯한 다른 이들은 국경의 경비대를 끌어내는 역할을 할 뿐이지요."

호세는 담담히 말하고 있었지만 미끼 역할을 한다는 것은 희생하겠다는 것이나 마찬가지였다.

"부디 우리의 희생이 헛되지 않기를 부탁드립니다."

현재 미국에서 혁명단을 주도하고 있는 인물인 제임스는 대규모 혁명을 계획하고 있었다.

생존도의 반인륜적인 참상을 알리는 것은 물론이고 다잉캡슐, Baby Box, 같은 아직 절대자가 숨기고 있는 사건들을 전세계에 알리는 것을 시작으로 전 세계 모든 인류에게 호응을 얻을 계획을 하고 있었다.

특히나 남미 쪽에는 타 지역구와 다르게 또 하나의 비밀이 숨어 있었다.

남미쪽에서 오는 혁명단원들을 기다리고 있는 가운데 한성은 주변을 돌아보았다.

나무 한포기 없는 사막이 보이고 있는 가운데 반대편에는 담벼락이 끝도 없이 펼쳐져 있었다.

10M는 될 듯 한 높이의 담벼락은 감히 넘어올 생각 하지 말라는 듯이 그 웅장함을 뿜어내고 있었다.

눈 앞의 장벽은 과거 미국으로 향하는 불법 체류자들을 막기 위한 담벼락 이었는데 절대자에 의해 세상이 통일 된 이후에도 담벼락은 여전히 존재하고 있었다.

담벼락을 응시하고 있는 한성을 향해 호세가 말했다.

"과거 우리 할아버지 할머니들이 미국으로 가기 위해 넘었던 벽입니다. 이런 세상에서도 담을 넘을 줄은 꿈에도 상상하지 못했죠."

호세는 추억을 회상한다는 듯이 말하고 있었는데 순간 한성의 눈썹이 꿈틀거렸다.

담벼락 너머는 눈에 보이지 않고 있었지만 무언가 움직이고 있다는 움직임을 한성은 느낄 수 있었다.

'다가온다! 한두 명이 아니다.'

한성의 레벨은 이곳에 있는 그 누구 보다 높았는데 그 탓에 청각 역시 다른 이들 보다 뛰어났다.

'마나의 기운? 누군가 무언가를 시전하고 있다.'

그때였다.

호세가 한쪽에서 먼지를 일으키며 오는 자동차들을 바라보았다.

"저기 브라질 혁명단이 오는 군요."

"오오! 저기 8지역구의 혁명단도 옵니다."

호세가 중얼거리며 말했다.

"생각 보다는 적군요. 타 지역구는 실패했나 봅니다. 가장 중요한 정보를 가지고 있는 자들인데……."

모두가 경계를 풀며 맞이하려는 순간이었다.

한성이 나지막이 말했다.

"준비하도록!"

한성의 말이 끝나는 순간이었다.

"빠아아아앙!"

앞쪽에서 달려오고 있던 자동차들이 무언가를 알린다는 듯이 경적을 다급하게 울리고 있었다.

"빠아아앙! 빠아아아앙!"

군용 트럭 조수석에서 누군가 다급하게 손짓을 하고 있었다.

뒤쪽을 보라는 듯이 바쁘게 움직이는 손짓에 누군가 외쳤다.

"뒤다!"

한성은 이미 담벼락을 바라보고 있었고 모두의 시선은 한성이 향하고 있는 담벼락으로 향하기 시작했다.

지금 들려오는 소리는 굳이 레벨이 높지 않아도 충분히 들을 수 있는 소리였다.

무언가 담벼락을 올라오는 소리가 들려오는 것과 동시에 무언가를 씹는 듯한 소리가 이어져 들려오고 있었다.

"우걱, 우걱, 우걱!"

어느 정도 상층 던전에 참가를 해 본 적이 있는 헌터라면 알고 있는 소리였다.

'이 소리는?'

"우걱! 우걱! 우걱!"

한두 명도 아니고 수백 명이 동시에 무언가 씹는 듯한 소리를 내고 있었다.

소리는 점점 더 가까워지고 있었고 담벼락을 올라간다는 듯이 소리는 점점 더 커지고 있었다.

담벼락 꼭대기 쪽으로 소리가 다다른 순간이었다.

"꺄아아아아악!"

비명소리와 함께 마침내 무언가 기분 나쁜 소리를 내던 물체는 담벼락 꼭대기위로 모습을 드러냈다.

한성이 예상했던 몬스터의 모습이 눈에 나타났다.

"식인귀다!"

사람과 비슷한 형체.

하지만 두 팔의 길이가 다리만큼이나 긴 식인귀는 두 팔과 양 발로 땅을 헤집고 다니는 몬스터였다.

던전 23층 이상에서 출몰하는 몬스터로 말 그대로 인간을 먹는 특성 탓에 한번 경험이 있는 헌터들은 결코 그 모습을 잊을 수 없었다.

월드 던전에서 만난 좀비와 비슷하기는 했지만 반쯤 굳은 듯한 몸으로 움직이는 좀비에 비해 훨씬 더 빠르고 부드러운 움직임을 가지고 있는 식인귀는 더 까다로운 상대였다.

헌터들이 놀라고 있는 이유는 단지 식인귀의 모습 때문은 아니었다.

모두가 똑같은 생각을 했다는 듯이 의문을 토해내기 시작했다.

"이곳은 던전이 아니잖아!"

"HNPC도 아닌데!"

"어째서?"

던전에서나 존재할 몬스터가 지금 눈 앞에 나타나 있었다.

지금은 그런 것을 따지고 있을 때 가 아니었다.

한성의 지시에 대기를 하고 있던 지수가 허공으로 뛰어올랐다.

허공에 순간적으로 정지를 한 지수의 활 끝으로 마나의 빛줄기들이 모이기 시작했다.

촤아아아아앗!

지수의 활 끝에서 모여 있던 마나의 기운이 그대로 빛줄기가 되어 담벼락 꼭대기에 있는 식인귀를 향해 떨어져 왔다.

콰과과과앙!

월드 던전에서 추격하던 총사령관 윤성호도 날려 버린 스킬이었다.

순식간에 식인귀들은 시체 조각이 되며 사방으로 튀어올랐다.

일체의 방어구를 착용하지 않고 있던 식인귀의 맨살은 방어력이 약하다는 것을 말해 주고 있었다.

"좋았어! 식인귀는 강한 몬스터가 아니야. 충분히 막을 수… 아!"

도끼를 들고 앞으로 뒤쳐 나가려던 철호는 걸음을 멈추었다.

걸음을 멈춘 철호의 입이 커졌다.

담벼락위로는 수십 아니 수백 마리의 식인귀들이 넘어오고 있었다.

당연히 식인귀들에게는 헌터들의 무기에 대한 두려움이나 방어구가 없다는 사실에 공포를 느끼지 않았다.

이들의 눈에는 이들의 식욕을 자극하는 인간들만이 보이고 있을 뿐이었다.

담벼락을 오른 식인귀들은 헌터를 보자마자 눈에 불을 켜고 달려들기 시작했다.

"온다!"

바퀴벌레 떼가 쏟아져 오는 듯이 식인귀들은 달려오기 시작했다.

호세가 다급하게 외쳤다.

"쏴!"

촤아아아앗!

멕시코 헌터들의 공격이 쏟아지기 시작했다.

마나의 빛줄기가 현란하게 식인귀를 향해 뻗어나가는 순간이었다.

좀비들이 무식하게 일직선으로 달려오는 것에 비해 식인귀 들은 본능적으로 상대의 공격을 피하는 능력을 갖추고 있었다.

"피, 피했어?"

아무리 강한 공격이라 하더라도 맞지 않으면 아무런

소용이 없었다.

식인귀들은 개구리처럼 펄쩍 펄쩍 뛰어 오르며 그대로 헌터들의 몸을 덮치기 시작했다.

식인귀의 목적은 인간을 죽이는 것이 아니었다.

식인귀의 목적은 바로 인간을 먹는 것에 있었다.

"우와아아악!"

하늘에서 쏟아져 오는 식인귀들은 인간의 몸을 덮치는 순간 그대로 깨물기 시작했다.

"우걱! 우걱! 우걱!"

식인귀의 이빨과 손톱은 그 어떤 무기보다 강하게 느껴져 오고 있었다.

무식할 정도로 단순한 공격이었지만 지금 깔려 있는 헌터에게는 그 어떤 무기 보다 두려움을 주고 있었다.

"으아아악!"

발버둥 치는 헌터의 몸 곳곳으로 식인귀의 이빨이 박히고 있었다.

일단 식인귀는 인간을 맛보면 인간의 살점이 사라질 때까지 그 자리를 벗어나지 않았다.

서로 먼저 먹겠다는 듯이 식인귀들은 다투다 시피 하며 쓰러진 인간의 몸 위에서 벗어날 줄 모르고 있었다.

수 십마리의 식인귀에 의해 파헤쳐 버린 헌터의 몸은 순식간에 뼈를 드러내고 있었고 순식간에 사막 지대는 지옥으로 바뀌고 있었다.

전혀 예상하지 못했던 공격에 멕시코 헌터들은 크게 고전을 하고 있었는데 한성이 이끄는 단원들은 달랐다.

"방패! 벽을 만들어! 딜러들은 안쪽으로!"

한성의 지시에 따라 대한민국 혁명단들은 한성을 중심으로 진형을 만들고 있었다.

월드 던전에서 상향시킨 레벨 덕분에 대한민국 혁명단의 위력은 멕시코 혁명단 보다 높은 수준이었다.

거대 방패로 식인귀의 접근을 차단하고 있었고 한성을 비롯하여 지수와 민석이의 공격이 식인귀를 날려 버리고 있었다.

촤아아아앗!

좀비 떼를 만났을 때처럼 한성은 양 손으로 사슬과 창을 동시에 휘두르고 있었다.

식인귀들은 좀비 들 보다 빠른 움직임으로 날아오는 공격을 피하고 있었지만 자유자재로 움직이는 한성의 사슬은 피하지 못하고 있었다.

퍽! 퍽! 퍼퍼펑!

한성의 사슬 끝에 달린 츄는 사정없이 식인귀의 몸을 박살내고 있었는데 과거 좀비 떼 들을 쓸어 버렸을 때처럼 뇌전포를 사용해 한 번에 날려 버릴 까 했지만 불현 듯 드는 생각이 있었다.

'이게 미끼 공격 일지 모른다!'

대다수의 헌터들은 급한 마음에 자신이 가지고 있는 모든 공격을 뽑아내고 있었는데 한성이 외쳤다.

"스킬을 낭비하지마! 쿨 타임에 걸리지 않도록! 뒤에 진짜 공격이 올지 모른다!"

한성의 외침을 제대로 들을 수 있는 자들은 얼마 없었다.

당장 눈 앞에서 식인귀가 달려오는 가운데 여유를 가질 수 있는 자는 없었고 어느덧 헌터들의 스킬들은 하나 둘 씩 쿨 타임에 걸리기 시작했다.

민석이와 지수를 비롯한 대한민국 헌터들은 한성의 지시에 따라 스킬을 아껴두고 있었지만 스킬을 아낄수록 식인귀와의 거리는 더욱더 좁혀 지고 있었다.

방패로 선두에서 방어를 하고 있던 헌터들의 다급한 목소리가 울려 퍼졌다.

"으아아아! 밀립니다!"

"또 옵니다!"

사슬과 창을 휘두르고 있던 한성은 생각했다.

지금 이곳은 던전이 아니었다.

몬스터나 HNPC가 아닌 몬스터가 던전이 아닌 곳에 있다는 것은 단 한가지 방법 밖에 없었다.

'네크로맨서.'

자유자재로 몬스터들을 소환할 수 있는 스킬을 가지고 있는 자들을 말했다.

현 시점에서 일반적으로 네크로맨서는 10에서 20마리

사이의 몬스터를 소환할 수 있었는데 지금 눈앞에는 얼추 1000마리에 가까운 식인귀들이 있었으니 담벼락 뒤쪽에는 적어도 50명 가까운 네크로맨서 부대들이 있다는 것을 의미했다.

아직까지 네크로맨서의 숫자는 많지 않았다.

이렇게 많은 네크로맨서를 한 곳에 모은다는 것은 미리 준비를 하지 않으면 할 수 없는 일이었다.

즉 이들은 혁명단이 이곳에 왔다는 사실을 알고 있다는 것을 의미했다.

'약은 놈!'

이 많은 식인귀들을 한 번에 잡기 위해서는 네크로맨서를 제압하는 방법 밖에 없었다.

아직까지 네크로맨서 스킬은 기초 단계에 불과했다.

네크로맨서들은 몬스터를 소환하고 있는 동안에는 빠르게 움직이지 못했다.

네크로맨서에게 다가갈 수만 있다면 쉽게 잡을 수 있었지만 문제가 있었다.

'네크로맨서가 몬스터를 조정 할 수 있는 거리는 대략 20M. 그 거리를 벗어나 달아나면 일단 위기는 넘길 수 있다. 물론 네크로맨서만 제압하면 식인귀들은 자동으로 소멸된다. 하지만…….'

담벼락이 앞을 막고 있었다.

상대는 처음부터 혁명단이 이곳에 모일 것이란 사실을

알고 있었고 의도적으로 담벼락을 무기로 해서 작전을 짜 놓은 상황이었다.

이렇게 담벼락이 막고 있는 상황에서는 식인귀들을 모조리 죽이면서 벽을 넘어가는 방법 밖에 없었다.

문제는 이 많은 식인귀를 제압하고 넘어간다 하더라도 얼마나 많은 국경 수비대들이 준비하고 있을지는 알 수 없었다.

상대의 의도는 분명히 전해져 오고 있었다.

'완전히 함정에 걸렸다. 스킬을 소비하고 쿨 타임에 걸린 상황에서 넘어가 봤자 불리하다. 상대는 분명 이 부분까지 노리고 있을 거다.'

식인귀는 철저하게 혁명단의 스킬을 소모시키기 위한 도구였고 진짜 공격은 그 다음의 국경 수비대일 것이 분명했다.

철저하게 계획된 작전에 한성의 머릿속으로는 한 가지 생각이 떠올랐다.

'이렇게 치밀한 작전은 분명 멕시코 관리자 히메네즈의 계략이 아니다. 혹시?'

마음 한편으로 네크로맨서 군단을 지휘했던 인물이 떠오르고 있었다.

그때였다.

빠아아아아앙! 빠빠빠아아아앙!

요란한 경적소리와 함께 남미쪽에서 올라온 혁명단의 자

동차들이 곧바로 식인귀를 향해 돌진하기 시작했다.

콰과과광!

군용 트럭과 대형 버스들은 그대로 식인귀의 몸을 날려 버리고 있었고 대형 버스에 타고 헌터들은 창밖으로 뛰쳐 나가기 시작했다.

가장 정예의 실력자들이 나왔다는 듯이 차량 밖으로 뛰 어나온 헌터들은 곧바로 미쳐 날뛰는 식인귀를 향해 공격 을 퍼붓기 시작했다.

촤아아앗!

콰과과광!

수 많은 마나의 기운들이 번쩍이고 있는 가운데 가장 압 권인 실력자는 채찍을 들고 있던 여자였다.

쏴아아아아앗!

길게 늘어난 채찍은 번개 속성을 가지고 있다는 듯이 푸 른빛이 감돌고 있었는데 채찍이 한번 휘몰아 칠 때 마다 튕 겨나간 식인귀들은 감전이 된 듯이 더 이상 움직이지 못하 고 있었다.

특유의 푸른빛이 번쩍이는 채찍은 단번에 정체를 알게 했다.

'제니퍼!'

지금 채찍을 휘두르고 있는 인물은 한성이 알고 있는 인 물이었다.

채찍을 주무기로 사용하는 그녀는 브라질 출신의 여자

헌터였는데 그녀 역시 대혁명 까지 한성과 함께 한 인물이었다.

과거의 기억 그대로 제니퍼의 채찍이 춤을 출 때마다 식인귀들은 비명과 함께 날아가고 있었다.

몇몇 실력자들이 합류한 것으로 순식간에 밀려버릴 것 같은 균형이 맞추어지기는 했지만 이들만으로는 이 많은 식인귀들을 상대하기에는 턱 없이 부족했다.

그때였다.

군용 트럭이 한성이 있는 일행 앞에 멈추어 섰다.

트럭 창문이 열리는 것과 동시에 사내가 말했다.

"타라고!"

현 상황에서 다른 선택은 없었다.

곧바로 대형 트럭 뒤로 혁명단원들은 올라타기 시작했다.

마지막으로 한성이 올라타자 운전대를 잡고 있던 사내가 외쳤다.

"갑니다!"

먼지와 함께 트럭은 달리기 시작했고 거리가 벌어지자 더 이상 식인귀는 따라오지 못하고 있었다.

몇 시간 후.

혁명단들이 피신한 곳은 외딴 마을의 성당이었다.

식인귀에 놀란 가슴을 진정 시키고 있는 가운데 달아난 혁명단원 들이 하나 둘 씩 모이기 시작했다.

대한민국 혁명단 중 크게 다친 이는 없었지만 멕시코 혁명단은 대부분 죽음을 맞이한 상황이었다.

"스무 명 생존했습니다."

백 명이 넘게 있던 멕시코 혁명단 중 살아 돌아온 자는 스무 명 밖에 없었다.

보고를 받은 호세는 절망했다는 듯이 고개를 흔들고 있었다.

이런 호세에게는 시선조차 주지 않은 채 한성은 위기에서 구해준 남미 혁명단원들을 바라보고 있었다.

채 열명도 되지 않는 사람들이 있었는데 익숙한 얼굴들이 보이고 있었다.

'제니퍼, 산도발, 마갈리 그리고 빅터.'

네 명의 인물들은 회귀 전 혁명단에서 상당히 큰 영향력을 가지고 있던 인물이었다.

특히나 산도발은 남미쪽의 혁명단을 통합해 절대자와의 최후의 승부까지 같이 간 인물이었다.

산도발이 한성에게 다가와 악수를 건넸다.

"만나서 반갑네. 산도발이라 한다."

산도발의 손을 잡은 한성이 물었다.

"남미 쪽의 비밀은?"

다른 지역구와는 다르게 남미와 아프리카 그리고 동유럽 쪽에서는 절대자의 마지막 비밀이 숨겨 있었다.

생존도, 다잉캡슐, 그리고 베이비 박스 보다 훨씬 더 큰 비밀이었던 탓에 혁명의 불꽃이 일어나게 하기 위해서는 이들이 가지고 있는 자료가 가장 필요했다.

산도발은 다소 놀란 듯이 말했다.

"오, 벌써 알고 있었나? 아시아쪽에는 없는 걸로 아는데 정보력이 놀랍군."

곧바로 산도발은 품에서 USB 하나를 꺼내 들었다.

"일단 성공은 했다. 증거 자료들 모두 다 담아 있고 미국의 혁명단에게 전해 주면 된다. 미국에서 주도하고 있는 혁명이 벌어지는 날 미국에서 언론을 타고 전 세계로 뻗어나갈 예정이다."

곧이어 산도발이 주변의 리더들을 바라보며 물었다.

"자 근데 이제 어떻게 할 거지? 담벼락은 네크로맨서 군단이 점령하고 있다. 워낙에 숫자가 많아서 정면으로는 힘들 것 같은데? 통과한다 하더라도 국경 수비대가 있을 테니 말이야."

식인귀 개개인의 힘은 보잘 것 없을지 몰라도 이렇게 까지 많은 식인귀들을 동시에 제압하는 것은 쉽지 않았다.

스킬을 소모해가며 네크로맨서를 제압한다 하더라도 뒤쪽에 국경 수비대가 있었으니 정면으로 통과하는 것은 쉽지 않아 보였다.

한성의 머릿속으로 네크로맨서의 이름이 떠올라왔다.

한성이 중얼거리듯이 말했다.

"칼리스다."

산도발이 물었다.

"칼리스? 그 네크로맨서 길드를 만들었다는 자 말하는 건가?"

아직은 아니었지만 훗날 헌터들은 각 분야에 맞추어 전문화 되어가기 시작했다.

예를 들어 힐러의 힐링이 미미한 지금 상황에서는 보조계는 버프 후 공격에 가담했는데 힐러 스킬이 발전된 후 부터는 힐에 집중하는 것이 더 효율적이었다.

이건 다른 계열 역시 마찬가지 이었는데 훗날 더 좋은 스킬들이 등장하면서 마법계열을 사용하는 자들 중 몇몇은 딜만 생각하는 누커 로 스킬을 집중시켰고 몇몇은 몬스터를 소환할 수 있는 네크로맨서 스킬로 집중시켰다.

공격 마법계들은 둘 중 하나의 선택을 해야 했는데 현 상황에서 대부분의 선택은 공격 마법이었다.

몇 미터 이내의 거리 밖에 움직이지 못하는 몬스터를 소환하는 네크로맨서는 큰 매력을 주지 못했으니 당연한 선택이었지만 칼리스는 다르게 생각했다.

던전이 아닌 현실에서 몬스터를 소환 시킬 수 있다는 것은 상당히 큰 이점을 누릴 수 있었다.

특히나 네크로맨서의 숫자가 모이면 소환할 수 있는

몬스터들의 숫자는 급수 적으로 늘어날 수 있었다.

지금이야 조정할 수 있는 몬스터의 거리가 짧았지만 스킬은 더 발전되고 있었으니 훗날을 본 다면 훨씬 더 먼 거리까지 몬스터를 조정할 수 있을 가능성이 상당했다.

칼리스는 그 사실을 꿰뚫어 보고 있었고 미리 네크로맨서들만으로 구성된 길드를 만들었다.

전 세계에 얼마 되지도 않은 네크로맨서들을 독점하다시피 하며 끌어 모았는데 탱커도 아니고 힐러도 아닌 네크로맨서를 독점하는 것에 모두가 비웃었지만 결과는 예상외였다.

네크로맨서의 스킬이 발전되고 소환할 수 있는 몬스터의 숫자가 늘어나면서 칼리스는 최고 네크로맨서 군단을 만들어 냈다.

훗날 칼리스는 네크로맨서 길드를 천문학적인 돈을 받으며 미국 제우스 길드에게 넘기고 애리조나 주의 주지사 위치까지 오르게 되었다.

'이곳에서 자신의 몸 값을 높이고 있었던 건가?'

그때였다.

뒤쪽에서 냉소를 머금고 있던 빅터가 말했다.

"모두가 놓치고 있는 게 있군."

특유의 장검을 들어 보이면서 빅터가 말했다.

"지금 중요한 것은 칼리스가 아니다. 상대는 우리가 모여서 담을 넘을 것을 알고 있었다. 어쩌면 지금 이곳도 알려져 있을지 모른다."

워낙에 급하게 달아나느라 정신이 팔린 탓에 생각하지 못하고 있었다.

제니퍼와 마갈리 역시 고개를 끄덕이고 있었다.

빅터는 다소 적대적인 시선을 한성에게 보내며 말했다.

"정보가 새어 나갔다는 거다. 분명 이곳에도 절대자의 앞잡이가 숨어 있다는 말이다. 의심이 풀리기 전 까지는 같이 움직일 수 없다. 남미쪽에서 올라오는 동안에도 3명의 배신자를 처단했다. 산도발의 지시 때문에 어쩔 수 없이 돕기는 했지만 배신자를 잡지 못한다면 같이 움직일 수 없다."

한성이 대꾸했다.

"그건 우리 쪽도 마찬가지. 네 놈도 믿지 못하는 것은 마찬가지이다."

"뭐라고?"

자신을 의심하는 것에 다소 화가 난 듯이 빅터가 눈을 부라는 순간이었다.

멕시코 혁명단 중 누군가 외쳤다.

"이쪽으로 경찰들이 출발했다고 합니다. 피해야 할 것 같습니다!"

멕시코 혁명단들은 이미 경찰들 쪽과 연계가 되어 있다는 듯이 경찰들이 향하고 있다는 보고가 들려왔다.

모두들 어찌할 줄 모르고 있는 가운데 한성이 모두를 바라보며 말했다.

"방향을 바꾼다. 캘리포니아의 국경이 아닌 텍사스 국경 쪽으로 방향을 바꾼다."

이곳은 대륙의 가장 서쪽 지역이었는데 텍사스 쪽으로 간다면 수일에 거쳐 돌아가야 한다는 것을 의미했다.

혁명이 일어날 날짜를 맞추는 것조차 어려울 것 같았다.

산도발이 물었다.

"이봐! 혁명 까지는 앞으로 일주일 밖에 남지 않았어. 지금 상황에서 자동차로 돌아가게 된다면 혁명이 일어날 날짜까지 도착할 수 없다!"

한성도 알고 있는 사실이었다.

지금 한성은 관리자가 심어 놓은 스파이를 찾아낼 생각을 하고 있었다.

사실 한성은 배신자가 누구인지 이미 짐작하고 있었다.

혁명단이 모이기로 한 장소를 알고 있는 자들은 혁명단 중에서도 높은 위치에 있는 자들 밖에 없었다.

눈앞에 있는 네 명은 믿을 수 있는 자였다.

모이는 장소를 알고 있는 자는 대한민국의 헌터중에는 지수랑 자신밖에 없었으니 대략 의심이 갈만한 자는 멕시코의 혁명단의 리더인 호세 밖에 없었다.

다만 호세 혼자뿐인지 아니면 또 다른 있는지는 알 수 없었다.

한성이 말했다.

"미국으로부터 지시가 있었다. 만일 문제가 생겼을 경우 캘리포니아 쪽이 아닌 텍사스 쪽으로 넘어오라는 지시가 있었다. 혁명이 일어나는 장소도 사실은 텍사스다."

물론 거짓말이었다.

한성은 태연하게 말을 이었다.

"상대 진형에는 우리 쪽에서도 보내 놓은 스파이는 있다. 현재 네크로맨서를 지휘하는 자는 칼리스. 아직 개인 길드 소속으로 자신의 몸값을 띄우기 위해 관리자에게 가담한 거다. 실질적인 수비는 네크로맨서 뒤쪽에 샌디에고의 국경 수비대가 담당하고 있다."

자신의 기억에 의하면 칼리스는 네크로맨서의 값어치를 알리기 위해 관리자에게 도움을 주었었다.

분명 현 상황에서 칼리스는 국가 소속이 아니었다.

확실한 정보는 아니었지만 한성은 호세를 통해 거짓 정보를 역으로 흘릴 생각을 가지고 있었다.

한성은 호세의 얼굴을 살펴보았다.

겉으로는 태연하게 듣고 있었지만 눈빛이 흔들리는 것을 한성은 놓치지 않고 있었다.

빅터가 물었다.

"너를 어떻게 믿나?"

질문은 빅터가 했지만 한성은 산도발을 바라보며 말했다.

"미국 혁명단의 리더 제임스는 한번 믿은 자는 끝까지

믿는다."

갑작스러운 말에 다른 이들은 무슨 소리인지 모르겠다는 표정을 짓고 있었는데 산도발 만큼은 놀라고 있었다.

아직까지 미국 혁명단의 리더 제임스의 이름은 극소수를 제외하고는 비밀이었다.

남미쪽의 리더들 중에서도 제임스의 이름을 알고 있는 자는 자신 밖에 없었는데 어찌된 일인지 한성은 그의 이름을 알고 있었다.

산도발이 놀라는 것은 단순히 한성이 그의 이름을 알고 있기 때문 만이 아니었다.

한번 믿은 자는 끝까지 믿는다는 말은 제임스가 입버릇처럼 한 말이었다.

"어떻게 그 사실을?"

이 말은 한성이 제임스와 상당한 친분이 있다는 것을 의미했다.

의아한 표정을 짓고 있는 제임스에게 한성은 담담하게 말했다.

"못 믿겠으면 따라오지 말도록. 따라올 자들만 따라오도록!"

곧바로 한성은 호세에게 말했다.

"자동차를 빌리고 싶다. 군용 트럭은 너무 눈에 띄니까 승용차로. 자네는 따라오겠나?"

"따라가겠습니다!"

곧바로 호세는 멕시코 혁명단을 데리고 따라가기 시작했고 남미쪽의 혁명단들은 리더 산도발에게 시선을 향하고 있었다.

제니퍼가 물었다.

"어떻게 할까요? 믿을 수 없지 않습니까? 그냥 우리 끼리 기회를 보는 것이 더 좋을 것 같습니다만."

산도발이 말했다.

"아니. 일단 따라간다."

산도발의 말이 절대적이라는 듯이 남미쪽의 혁명단들 역시 한성의 뒤를 따르기 시작했다.

얼마 후.

호세가 말했다.

주유소가 눈 앞에 보이자 호세가 말했다.

"저기 주유소에서 기름을 넣죠."

자동차에 기름을 넣고 있는 사이 주위를 한번 살펴 본 호세는 화장실로 들어갔다.

호세의 심장은 두근거리고 있었다.

일급기밀을 알아낸 것이나 다름없었다.

호세는 화장실 안에 있다는 사실에 흥분된 목소리도 감추지 못하고 있었다.

"네 그렇습니다! 미국 혁명단 리더의 이름은 제임스. 실제로 혁명이 일어날 곳은 캘리포니아가 아닌 텍사스라고 합니다! 지금 텍사스 쪽으로 이동하고 있습니다! 서둘러 주십시오!"

한성이 흘린 거짓 정보라는 사실도 모른 채 자신이 알고 있는 모든 정보를 제공한 호세가 화장실 밖으로 나오는 순간이었다.

"허걱!"

한성을 비롯한 남미의 리더들이 자신을 노려보고 있었다.

한성이 말했다.

"멍청아! 제임스의 이름은 당연히 가명이다. 덕분에 국경을 넘기에 좀 더 수월해 졌으니 고맙군."

한성의 말이 끝나자 빅터가 가장 먼저 앞으로 나섰다.

"쥐새끼 같은 놈! 명색이 리더라는 자가!"

빅터가 검을 내밀며 앞으로 나섰다.

촤아아아앗!

호세가 급하게 스킬을 시전하려는 순간이었다.

산도발의 목소리가 들려왔다.

"내가 처리하지."

한성은 더 이상 볼 필요 없다는 듯이 밖으로 나왔다.

콰과과광!

"으아아아악!"

주유소 밖으로 나온 한성의 귀로 굉음과 함께 비명소리 가 울려 퍼졌다.

혁명단을 태웠던 자동차들은 곧바로 왔던 길을 되돌아가 기 시작했다.

단번에 배신자를 잡아낸 한성을 달리 본다는 듯이 적대 적이었던 시선은 어느 정도 누그러져 있었다.

제니퍼가 조심스럽게 물었다.

"이걸로 속일 수 있을까요?"

한성은 고개를 흔들었다.

"아니. 우리를 잡기 위해 일정 병력을 보냈을 돌렸을지 는 몰라도 칼리스는 이 정도로 호락호락 하지 않다. 하지만 병력이 조금이나마 빠졌을 지금이 국경을 넘기에 최고의 기회이다."

한성의 예상대로였다.

담벼락이 보이는 순간 누군가 말했다.

"앗! 저기 담벼락 위에 있습니다!"

자동차는 정지하기 시작했고 곧바로 혁명단 전원이 밖으 로 나왔다.

한성 일행이 올 줄 알았다는 듯이 칼리스는 모습을 감추 지 않고 있었다.

검은 색 복장을 하고 있는 칼리스를 중앙으로 담벼락의 꼭대기에는 일곱 명의 네크로맨서들이 자리를 잡고 있었 다.

더 이상 숨어서 공격 할 필요가 없다는 듯이 네크로맨서들은 동시에 스태프를 움직이며 식인귀를 소환할 준비를 하고 있었다.

스태프의 움직임에 맞추어 허공에는 일곱개의 포탈이 열리기 시작했다.

"일곱. 한 사람이 대략 열 마리 정도 식인귀를 소환할 테니 많아야 100마리겠군."

산도발이 물었다.

"어떻게 할 거지? 그대로 돌진인가? 뚫어도 국경 수비대가 있을 텐데?"

한성이 답했다.

"뚫는 건 나랑 대한민국 혁명단이 한다. 만난 기념으로 국경 수비대까지 뚫어 주지."

한성의 말에 남미에서 온 자들은 놀란 표정을 짓고 있었다.

지금 눈앞에 보이는 대한민국 혁명단은 불과 열두 명 밖에 되지 않았다.

"고작 열두 명으로? 뒤쪽에 국경 수비대의 숫자는 알지도 못하는데?"

"이 정도면 충분하다."

한성은 직접 행동으로 보여주겠다는 앞으로 나서며 지수에게 무언가 말을 하고 있었다.

한성의 지시에 지수를 비롯한 혁명단이 준비를 하기

시작했고 제니퍼가 걱정스러운 표정을 지으며 산도발에게 말했다.

"피해야 하는 거 아닙니까? 자칫 잘못하면 우리까지 쓸려버릴지도……."

식인귀야 움직일 수 있는 거리에 제한이 있으니 달아나는데 에 큰 문제가 없을지 몰라도 국경 수비대는 달랐다.

아직까지는 멕시코 영토에 있는 탓에 샌디에고 국경 수비대가 넘어오지는 않고 있었지만 만일 식인귀와의 싸움에서 스킬을 낭비한 가운데 멕시코 수비대가 나타난다면 곤란하지 않을 수 없었다.

산도발이 마갈리를 바라보며 말했다.

"저들에게 새벽의 울림 버프를 주도록."

마갈리는 다소 머뭇거렸다.

"하지만 지금 사용하면 쿨 타임이……."

산도발이 말했다.

"저 사내를 믿지 말고 내 눈을 믿어."

산도발의 말에 마갈리의 스태프가 움직였다.

스태프의 끝에서 퍼져나간 마나의 기운은 잔잔히 이슬처럼 대한민국 혁명단 위로 내려앉았다.

〈새벽의 울림 III〉

설명: 체력과 마나 소모를 감소해 주는 버프. 다섯 명까지 적용 가능. 쿨타임 13시간.

효과: 15분 동안 버프를 받은 대상의 마나 소모와 체력을 절반으로 줄입니다.

민석이는 신기한 듯이 자신의 몸에 내려 앉는 마나의 기운을 바라보고 있었다.

눈이 더 선명해지는 것 같았고 몸 역시 더 가벼워 진 것 같았다.

한성이 말했다.

"그다지 필요하지는 않지만 고맙게 받지."

산도발이 답했다.

"우리가 믿을 수 있도록 실력을 보여 주도록!"

말을 하면서도 산도발의 시선은 이미 한성의 뒤에서 대기하고 있는 혁명단원들의 장비로 향하고 있었다.

대한민국 혁명단 중 방패를 든 사내 몇 명을 제외하면 전원 크로스 보우와 활을 들고 있었다.

산도발이 흥미롭다는 듯이 중얼거렸다.

"흐음. 혼자서 식인귀들을 탱킹하고 동료들로 하여금 식인귀를 조정하는 네크로맨서를 저격하겠다는 건가? 하지만 그들도 바보는 아닐 텐데?"

산도발이 중얼거리고 있는 순간 한성이 앞으로 뛰쳐나갔다.

뛰쳐나가고 있는 자는 한성 혼자였다.

"오옷?"

빅터가 놀란 듯이 중얼거렸다.

"모두가 함께 하는 게 아니었어?"

앞으로 나온 자들은 열두 명 이었지만 한성이 선두로 뛰쳐나간 상황에도 대한민국 혁명단 들은 대기를 하고 있을 뿐이었다.

그때였다.

네크로맨서들을 지켜보고 있던 누군가 외쳤다.

"네크로맨서들! 담벼락 뒤로 숨었습니다!"

더 이상 혁명단의 움직임은 볼 필요도 없다는 듯이 네크로맨서들은 담벼락 뒤로 사라지고 없었다.

빅터가 냉소를 머금고 말했다.

"거 봐라. 저들도 머리가 있는데 바보처럼 담벼락 위에서 과녁이 되어 줄 리는 없다. 식인귀를 떨어뜨리기 쉬울 장소에 포탈을 만드느라 담벼락 위에 있었지만 이제 식인귀와 담벼락 뒤로 숨어 버렸다. 어떻게 할 거지?"

네크로맨서들은 담벼락 뒤로 피했지만 포탈은 여전히 허공에 떠 있는 상황이었다.

전에는 담벼락 뒤에서 식인귀들이 나타난 탓에 포탈에서 식인귀가 나오는 모습을 볼 수 없었지만 지금은 생생히 보이고 있었다.

"나온다!"

한성이 달려가는 것이 신호라도 되는 듯이 포탈에서 식인귀들이 쏟아져 오기 시작했다.

식인귀가 튀어 나오려는 순간 한성은 제 자리에 멈추어 섰다.

"무슨 생각이지?"

한성은 양 어깨 위로 커다란 창 두 개를 올렸다.

산도발의 눈썹이 꿈틀거렸다.

'뇌전포?'

두 개의 창에 모여드는 번개의 모양에 산도발은 한성이 무슨 스킬을 사용할지 알고 있었다.

한성의 의도를 읽은 산도발은 고개를 흔들었다.

'무리. 뇌전포는 좀비 떼처럼 마구잡이식으로 달려오는 몬스터들에게 유용한 스킬이다. 지금 식인귀는 상대의 공격에 반응을 한다. 느리디 느린 뇌전포로는 쓸어버릴 수 없어.'

이런 산도발의 생각에도 아랑곳 하지 않는다는 듯이 한성은 뇌전포를 시전 시키고 있었다.

창에 모여드는 마나의 기세는 벌써 한성의 수준을 말해주고 있었다.

"우와! 강하다!"

혁명단들이 놀라고 있던 그 순간이었다.

달려오고 있던 식인귀들 역시 마나의 기운을 눈치 채고 있었다.

식인귀들의 움직임에 아랑곳 없이 한성은 그대로 스킬을 시전 시켰다.

파아아아아앗!

한성의 창에 모여 있던 두 개의 거대한 마나구가 뻗어나가는 순간이었다.

"취익! 취이이익!"

식인귀들은 괴성을 내지르며 순식간에 좌우로 흩어져 버리고 있었다.

'늦어! 아무리 위력이 강해도 맞지 않으면 소용없다!'

산도발의 예상대로였다.

느릿하게 일직선으로 날아가는 뇌전포는 결코 좌우로 흩어지고 있는 식인귀의 움직임을 따라 잡을 수 없었다.

거대한 두 개의 마나구는 단 한 마리의 식인귀를 명중시키지 못한 채 느릿하게 앞으로 나아가고 있었다.

"흥! 헛발이군! 폼 잡더니 꼴좋다!"

빅터가 냉소를 머금는 순간이었다.

산도발의 눈이 커졌다.

"설마?"

뇌전포가 빗나갔지만 한성은 전혀 당황한 기색을 보이지 않고 있었다.

한성이 노린 것은 식인귀가 아니었다.

한성이 노린 것은 담벼락이었다.

콰과과과광!

식인귀들을 지나쳐 버린 뇌전포는 그대로 담벼락을 부숴 버리고 있었다.

믿기지 않는 일이 벌어졌다.

두꺼운 담벼락은 언제 있었냐는 듯이 뻥 하고 뚫려 버렸다.

'이걸 노렸군! 하지만 뇌전포로 담벼락을 날려 버릴 줄이야!'

"세, 세상에!"

네크로맨서들이 우위를 점하고 있는 것은 담벼락이라는 거대 방패가 있기 때문이었다.

네크로맨서나 소환사들은 근접전에 상당히 취약했고 그 탓에 담벼락이라는 장애물로 근접하는 것을 막았는데 지금 담벼락이 무너져 버렸으니 일단 상대의 기세는 꺾은 셈이었다.

담벼락이 사라진 순간 민석이가 외쳤다.

"지금이다!"

"가자!"

지금까지 대기하고 있던 혁명단들은 담벼락이 무너지자마자 곧바로 뛰어가기 시작했다.

혁명단이 출발하는 것과 동시에 한성은 이미 무너진 담벼락 속으로 뛰어 들어가고 있었다.

'속공!'

식인귀가 양 옆으로 흩어져 있는 상황에서 중앙의 무너진 담까지 막고 있는 식인귀는 단 한 마리도 없었다.

좌우에 가득한 식인귀들은 쳐다보지도 않은 채 한성은

속공을 최대한 끌어올리며 달려가고 있었다.

빅터가 소리쳤다.

"이봐! 식인귀는 한 마리도 죽지 않았다고!"

빅터의 외침이 들리지 않는다는 듯이 한성은 무너진 틈 사이로 돌진하기 시작했다.

아직 네크로맨서가 대중적이지 않은 탓에 많은 이들이 모르고 있었는데 네크로맨서는 몇 가지 약점이 있었다.

첫 번째 약점은 바로 소환한 몬스터들은 일단 목표물을 타겟팅 했을 경우 그 목표물이 죽지 않는다면 죽을 때까지 따라간다는 사실이 있었다.

한성이 혁명단과 거리를 두고 먼저 뛰쳐나간 이유가 이곳에 있었다.

지금 나와 있는 식인귀들은 모두 다 한성에게 공격성이 집중되어 있는 상황이었고 한성의 움직임만 따라가고 있었다.

한성의 의도를 깨달은 산도발의 눈이 커졌다.

"어엇!"

대기하고 있는 대한민국 혁명단에게 길을 열어 준다는 듯이 한성은 담벼락이 무너지지 않는 쪽으로 식인귀를 끌어내고 있었다.

뒤쪽에서 혁명단이 달려오고 있었지만 식인귀들은 맨 처음 타겟팅 했던 한성에게 달려가고 있었다.

지금 한성은 무너진 벽을 통과하고 있었으니 식인귀들

역시 무너진 틈으로 돌아오고 있는 상황이었다.

산도발 뿐 아니라 지켜보고 있던 모든 혁명단들은 놀란 표정을 감출 수 없었다.

"도대체 이 자는!"

생소한 네크로맨서의 약점을 이미 파악하고 있었을 뿐 아니라 피하기는커녕 오히려 정면으로 달려들고 있는 모습에 절대자에게 대항할 수 있는 한줄기 빛을 보는 것 같았다.

산도발은 싱긋 웃었다.

곧바로 산도발이 검을 빼 들며 말했다.

"우리도 간다! 이런 멋진 광경을 보지 않을 수 없지!"

곧바로 산도발의 뒤를 따라 남미의 모든 혁명단원들이 뒤를 따르기 시작했다.

담벼락과 식인귀들을 믿고 있었던 네크로맨서들은 당황하고 있었다.

눈 앞에서 벌어진 일이 믿어지지 않는다는 듯이 칼리스는 무너진 담벼락을 바라보고 있었다.

'이, 이런 일이!'

이토록 두꺼운 벽을 스킬로 무너뜨려 버릴 줄은 꿈에도 몰랐다.

한성이 무너진 담벼락 틈으로 들어오는 순간 식인귀들이 뒤를 따라 들어오고 있었다.

손 쓸새도 없이 눈앞에서 한성이 지나쳐갔고 통제가 되지 않는 식인귀들이 곧바로 지나쳐 가는 순간 병사들의 외침이 울려퍼졌다.

"혁명단 옵니다!"

"식인귀 타겟팅이 되어 있어서 말을 듣지 않습니다!"

한성에게 향했던 타겟팅을 없애기 위해서는 식인귀들을 사라지게 한 후 다시 소환하는 방법 밖에 없었다.

네크로맨서에게 몬스터는 무기나 다름없었다.

몬스터들이 통제가 되지 않는다는 것은 무기를 사용할 수 없다는 것이나 마찬가지였다.

칼리스는 다급하게 외쳤다.

"쉴드 생성! 그리고 식인귀를 해제해라!"

당연히 혁명단이 기다려 줄 리 없었다.

피슝! 피슝! 피슝!

어느새 혁명단은 무너진 벽 틈으로 들어온 상황이었다.

한성의 지시대로 혁명단들은 네크로맨서를 향해 크로스 보우를 분출 시켰다.

담벼락을 믿고 있었던 탓에 담벽 뒤에는 그 어떤 피할 수 있는 장소라고는 없었다.

대신 맞아줄 몬스터도 없고 네크로맨서는 양 손으로 스태프를 사용하기 때문에 방패를 들고 있을 수도 없었다.

네크로맨서의 몸은 그대로 노출되어 있는 상황이었고 마나 화살은 총알처럼 날아가 네크로맨서의 몸에 꽂히고 있었다.

"크아아아악!"

네크로맨서들은 속수무책으로 당하고 있었다.

네크로맨서들은 맨 몸으로 화살을 받고 있었고 특히나 지수의 활은 스나이핑을 하듯이 네크로맨서 한명 한명을 노리며 화살을 쏘고 있었다.

쾅! 쾅! 쾅!

지수의 가냘픈 팔에서 나오는 활의 위력이라고는 믿어지지 않는 마나 화살이 폭탄처럼 터지고 있었다.

하나 둘 씩 네크로맨서들이 무너지고 있는 가운데 칼리스가 소리쳤다.

"에잇! 거리를 벌려라! 방패로 몸을 가리고 수비대 쪽으로 달아나!"

칼리스가 바쁘게 지시를 내리고 있던 상황이었다.

"저자가 칼리스! '

지수의 활에서 빛이 번쩍였다.

자신이 가지고 있는 일격 중 가장 강한 스킬을 사용하겠다는 듯이 활에 모이고 있는 마나의 기운은 다른 때와는 비교할 수 없을 정도로 거대했다.

파아아앗!

지수의 활에서 뿜어져 나간 마나의 기운은 한 마리의

거대한 불사조 모양으로 뻗어나갔다.

칼리스를 잡아 먹겠다는 듯이 불사조가 날아가는 순간이었다.

"어엇!"

본능적으로 내밀은 손에는 마나 쉴드가 형성되어 있었다.

챙그랑!

마나 쉴드가 깨어지며 칼리스의 몸이 튕겨 나갔다.

"크어어엇!"

막아내기는 했지만 칼리스의 손은 마나 쉴드가 깨어지면서 같이 날아가 버렸다.

"으악! 내 손!"

자신의 손이 사라졌다는 것은 다시는 네크로맨서 스킬을 활용할 수 없다는 것을 의미했다.

정신이 반쯤 나간 칼리스가 비명을 내지르며 뒹굴고 있던 순간이었다.

칼리스의 비명을 뚫고 차가운 목소리가 들려왔다.

"네 놈이 칼리스냐?"

당황한 칼리스의 눈이 커졌다.

"허엇!"

검을 든 사내가 자신을 바라보고 있었다.

"에잇!"

칼리스의 오른손에서 회오리 모양의 마나 기운이 솟구치

70 회귀의
절대자 4

는 순간이었다.

산도발은 제자리에서 뛰어 오르며 검을 빼들었다.

촤아아아앗!

산도발의 검에서 나온 빛줄기는 칼리스의 검은 회오리를
가르며 그대로 칼리스의 목까지 내리찍어졌다.

칼리스의 목은 힘없이 땅으로 떨어져 버렸다.

❖

식인귀들을 데리고 달려가고 있던 한성은 뒤를 힐긋 보
았다.

네크로맨서들이 하나 둘 씩 쓰러져 가고 있었고 산도발
의 합류로 상황은 순식간에 정리되어지고 있었다.

곧이어 한성의 시선은 바로 뒤쪽으로 향했다.

"취익! 취익!"

주인이 죽었음에도 불구하고 식인귀들은 여전히 한성의
뒤를 따라오고 있었다.

두 팔과 두 다리를 허우적 거리며 추격하고 있는 식인귀
들의 속도는 속공 레벨 1수준이었고 한성은 의도적으로 식
인귀들과의 일정한 거리를 유지한 채 그대로 앞을 향해 달
려가기 시작했다.

몬스터를 소환한 네크로맨서가 사망을 할 경우 몬스터
들은 더 이상 조정 받지 않게 되었고 자동으로 빛과 함께

소멸 되어졌다.

'단 10분이라는 시간이 있다!'

남은 10분 동안의 식인귀는 유용하게 사용할 수 있었다.

한성의 시선이 앞쪽으로 향했다.

예상대로 뒤쪽에는 샌디에고 국경 수비대들이 대기를 하고 있었다.

거짓 정보에 속아 상당수는 빠진 듯 해 보였지만 그래도 백여 명에 가까운 국경 수비대가 남아 있었는데 한성을 본 수비대들이 무기를 겨누기 시작했다.

"식인귀들은 무시하고 선두에 있는 저 놈을 죽여!"

피슝! 피슝!

크로스 보우의 탄환과 장거리 무기가 불을 뿜기 시작했다.

수비대원들의 모든 공격은 한성에게 쏟아지고 있었는데 이미 한성의 양 손에는 각각 하나씩 대형 방패를 착용하고 있었다.

마나 화살들이 날아오고 있었지만 두 개의 대형 방패로 몸을 감싸며 돌진하고 있는 한성의 속도는 전혀 줄어들지 않고 있었다.

"으아아아!"

비명소리와 함께 수비대의 얼굴에 공포가 서리는 것이 보이고 있었다.

지금 이들에게는 한성 보다 더 무서운 것은 식인귀였다.

한성의 뒤로는 수십 마리의 식인귀들이 뒤를 따르고 있었는데 흡사 한성이 식인귀 군단을 지휘하는 것처럼 보이고 있었다.

한성만이 보인 다는 듯이 한성의 뒤를 따르고 있던 식인귀의 시선은 어느새 수비대원들로 향하고 있었다.

"아악! 막을 수 없습니다!"

"아앗! 식인귀 우리에게 반응합니다!"

당황한 외침들이 이어지고 있는 가운데 한성은 그대로 국경 수비대의 중앙으로 파고들었다.

콰과과광!

대형 방패를 들고 달려온 한성이 그대로 부딪치는 순간 수비병들의 몸이 하늘로 솟구쳤다.

수백 명의 수비대 속으로 혼자 들어온 한성이 외쳤다.

"선물이다!"

한성의 뒤를 따라 식인귀들이 곧바로 따라 들어오기 시작했다.

"취이이익! 취이익!"

한성의 외침에 식인귀들은 신이 났다는 듯이 괴성을 내질러댔다.

식인귀들을 떠넘긴 한성은 그대로 돌진을 해버렸고 식인귀들의 타겟팅이 바뀌기 시작했다.

수 백명의 수비대 속에 홀로 있었지만 이미 수비병들은 한성을 바라볼 수조차 없었다.

사방에 맛있는 먹잇감들이 가득한 걸 본 식인귀들은 물을 만났다는 듯이 날뛰기 시작했다.

"우와아아앗!"

네크로맨서들이 죽은 이상 더 이상 식인귀를 조정할 수는 없었다.

타겟팅이 되어있지 않은 식인귀는 아군과 적군을 구분할 수 없었다.

식인귀의 눈에는 식탐을 자극하는 인간들의 모습만이 보일 뿐이었다.

이 위기를 극복하기 위해서는 식인귀를 제압하거나 10분 동안 버티는 방법밖에 없었다.

물론 이들 실력으로는 식인귀를 제압하기 힘들었다.

"우와아아아아!"

순식간에 국경 지대는 지옥으로 바뀌어 버렸다.

통제가 되지 않은 식인귀들은 닥치는 대로 가까이에 있는 인간들을 향해 달려갔고 식인귀가 달려든 곳에는 붉은 피와 함께 하얀 뼈가 드러나고 있었다.

수비 진형 끝까지 뚫은 한성은 뒤를 돌아보았다.

눈앞에는 지옥이 펼쳐지고 있었다.

혁명단을 잡기 위해 소환했던 식인귀들은 수비대를 뜯어먹고 있었고 앞으로 10분여의 시간동안은 이 지옥은 계속될 것이 분명했다.

그때였다.

일방적으로 당하고 있는 수비병들 속에서 한쪽에서 빛이 번쩍이며 식인귀들이 튕겨 나가는 모습이 보였다.

수비위치에 있는 자가 발산하기에는 너무나 강한 스킬이 발산되는 것에 한성의 시선이 자동적으로 향했다.

온 몸을 가리고 있는 대형방패를 들고 있는 사내의 방패가 솟구칠 때마다 식인귀들은 튕겨 나가고 있었는데 어찌된 일인지 튕겨 나간 식인귀는 아주 잠깐이나마 몸이 마비된 듯이 움직이지 못하고 있었다.

움직이지 못하고 있는 식인귀를 향해 사내는 도끼로 내리찍고 있었는데 방패의 강함에 비해 도끼의 위력은 초라했다.

'스턴!'

확장 스킬이 있는 백호의 검처럼 지금 수비대장이 사용하고 있는 방패에서도 특수효과가 작용되고 있었다.

지금 수비 대장이 들고 있는 방패에는 상대의 몸을 마비시킬 수 있는 스턴 스킬이 붙어 있었다.

한성은 의심 섞인 눈으로 바라보았다.

"흐음?"

일정 등급 이상 되는 무기들에게는 특수효과가 부여 되는 것이 신기한 것은 아니었지만 지금 사내가 휘두르고 있는 방패에 붙어 있는 스턴 스킬은 꽤나 고급 스킬이었다.

시험해 볼 것이 있었다.

곧바로 한성은 검을 빼든 채 사내를 향해 달려갔다.

"이봐! 이쪽이다!"

단번에 뒤쪽에서 목을 칠 수도 있었지만 한성은 정면으로 돌격해 들어가기 시작했다.

한성이 노린 검은 사내가 아니라 들고 있는 방패였다.

한성의 검이 방패를 내리 찍는 순간이었다.

쨍그랑!

한성의 검은 그대로 유리조각처럼 산산이 부서지고 있었다.

자신의 무기가 이렇게 부서져 버렸다는 것은 한 가지 밖에 생각할 수 없었다.

'등급이 다르다!'

그때였다.

"우와아악!"

사내는 한성을 향해 방패를 내밀었다.

방패가 닿지 않는 거리를 유지하며 뒤로 물러서는 순간이었다.

방패에서 반짝이고 있던 마나의 기운이 뿜어져 나오고 있었다.

'반경 30Cm까지 효과가 미친다! 이건 바로!'

그때였다.

어느새 곁에 와 있던 산도발이 물었다.

"도와줄까?"

한성이 답했다.

"아니, 실력을 보여주지."

곧바로 한성은 사내를 향해 돌진했다.

아무리 스턴 스킬이 있는 방패를 들고 있다 하더라도 이런 자에게 격투가 스킬은 낭비였다.

한성이 달려오는 순간 사내는 방패를 내밀었다.

조금 전과 똑같이 방패에서는 스턴 스킬이 시전되고 빛이 번쩍이고 있었다.

한성은 상대의 공격을 이미 읽고 있었다.

"그렇게 대놓고 공격을 하면 누가 맞아 주겠나?"

순간적으로 속공을 사용하며 피하는 순간 곧바로 다리를 걸어 버렸다.

일직선으로 방패를 밀고 있던 사내는 엎어져 버렸고 곧바로 한성의 손이 사내의 목을 내리 찍었다.

"크으윽!"

사내가 쓰러진 순간 한성은 방패를 살펴보았다.

산도발이 볼 필요도 없다는 듯이 말했다.

"귀속 되어 있다. 팔수도 없고 사용 할 수 없다."

아무리 고가의 아이템이라 하더라도 귀속이 되어 있다면 사용할 수는 없었다.

산도발의 말에도 불구하고 한성은 여전히 시선을 고정시키고 있었다.

확인해 볼 것이 있었다.

〈충격의 방패.〉

등급: 전설.

방어력: 199~229

설명: 전설 등급에서 가장 낮은 방어력. 방패로 상대의 몸을 명중시킬시 상대를 마비시킬 수 있는 스턴 스킬 사용 가능. 명중시키지 못하더라도 방패와의 거리가 30Cm이내 일 경우 마비 작동. 상급 이하 등급의 무기는 방패에 충격을 줄 경우 무조건 파괴 됩니다.

특수효과: 1초 동안 상대의 몸을 마비시킴. 면역 쉴드 무시.

다른 것보다 등급에 시선이 갔다.

영웅 등급보다 한 단계 위 등급인 전설 등급의 무기였다.

원래 알려진 무기 등급 중에 가장 높은 등급인 전설 무기가 등장한 것은 더 훗날의 일이었는데 어찌된 일인지 지금 눈앞에서는 전설 등급의 장비가 보이고 있었다.

던전의 속도와 월드 던전의 속도가 빨라진 탓인지 장비 역시 자신의 기억 보다 더욱더 빠르게 상향 되어지고 있었다.

'비록 무기가 아니라 방어도구이지만 일개 수비대장에 불과한 자가 전설등급의 아이템을 착용하고 있다. 시기를 더 앞당겨야 할 것 같군.'

수비대장 주제에 전설 등급 무기를 가지고 있다는 것은 상위의 관리자들은 이미 전설 등급의 무기 까지 가지고 있다는 것을 의미했다.

한성이 이런 생각을 하고 있는 사이 어느덧 민석이와 지수를 비롯한 혁명단들이 한성의 곁으로 다가왔다.

"상황 정리되었습니다."

네크로맨서와 국경 수비대가 모두 다 점멸한 가운데 식인귀들 역시 모두 다 소멸되어 버렸다.

바닥에는 처참한 시체 조각들만이 가득 했고 더 이상 미국으로의 진입을 방해하는 자는 없었다.

조금 전에 보여준 한성의 실력으로 지금 까지 반신반의하고 있던 남미의 혁명단들의 시선도 바뀌어 있었다.

산도발이 자신의 동료들에게 말했다.

"어떤가? 이정도면 같이 가도 괜찮겠지?"

다들 동의한다는 듯이 고개를 끄덕이고 있었고 냉소적인 시선을 보냈던 빅터 역시도 인정한다는 듯이 한성을 바라보며 말했다.

"제법인데? 다음에 할 때는 같이 한번 놀아 보자고!"

곧바로 멕시코 혁명단들이 앞으로 나오며 말했다.

"우리도 데려가 주십시오!"

리더 호세가 배신자라는 사실에 이들은 큰 충격을 받고 있었는데 이들은 이미 한성을 따르기로 결심을 굳힌 상황이었다.

한성은 합류 지점인 샌디에고가 있는 북쪽을 향하며 말했다.

"출발이다!"

❖

얼마 후.

노을이 지고 있었다.

한성의 곁에서 걷고 있던 지수가 물었다.

"절대자의 비밀이 모두 공개된 후 우리가 전 세계 모든 국민들로부터 지지를 받을 수 있을까요?"

지금까지 이들은 테러리스트였고 앞으로도 테러리스트로 낙인찍힐 것이 분명했다.

"글쎄……."

한성은 말끝을 흐렸다.

물론 한성은 결과를 알고 있었다.

대혁명이 일어나기는 했지만 그 결과는 비참했다.

자신들이 속았다는 생각과 상상을 할 수 없을 정도로 처참한 비밀이 진행되어 지고 있다는 사실에 처음 시작은 혁명단이 원하는 것처럼 이루어졌다.

지금까지 얼마 되지 않은 혁명단의 숫자는 급속도로 증가하기 시작했고 곳곳에서 혁명단에 지원을 하는 젊은이들이 넘쳐나기 시작했다.

상당한 재력을 가지고 있는 거부들 역시 무기와 아이템을 지원했고 정의를 부르짖는 목소리는 전 세계 곳곳에서 울려 퍼졌다.

다만 그 혁명의 불꽃은 몇 년 가지 못했다.

시간이 흐를수록 사람들은 절대자에게 대항하는 혁명단을 악으로 생각하기 시작했다.

곳곳에서 전쟁을 연상케 할 사건들이 터질 때마다 주식은 폭락하였고 혁명단의 의도와는 다르게 희생되는 자들의 숫자가 늘어나게 되었다.

처음에야 지지를 얻게 되었지만 시간이 흐를수록 전 세계 사람들은 자신이 피해를 입는 다는 사실을 깨닫게 되었다.

자신이 가지고 있는 재산이 줄어들게 되었으며 혁명단을 제압하기 위해 막대한 금액이 투자되었으니 무상 복지 역시 줄어들게 되었다.

한 마디로 혁명이 일어난 이후 세상은 더 못살게 되었다.

절대자가 잘못하고 있는 점을 알고 있음에도 언제 그랬냐는 것처럼 어느 시점에서 사람들은 암묵적으로 절대자의 잘못된 일들에 대해 침묵하게 되었다.

여론들은 하루가 멀다 하고 혁명단을 악의 축으로 규정해 버렸으니 세상은 점점 더 혁명이 일어나기 전의 세상을 그리워하게 되었다.

혁명단을 지지했던 수많은 사람들이 하나 둘 씩 발을 빼고 결국 시간이 흐를수록 불리해 지는 것은 혁명단이었다.

포돌스키가 국민들을 위해 아낌없이 돈을 주는 이유가 이곳에 있었다.

나만 잘살면 된다는 생각.

극소수의 일부가 희생되어도 자신만 잘 살면 된다는 생각은 그 어떤 무기나 스킬 보다 강력했다.

과거 한성이 최후의 일전을 서두른 이유가 이곳에 있었다.

희망이 보이지 않는 상황에서 이 모든 것을 한방에 끝낼 수 있는 것은 절대자를 쓰러뜨리는 일 밖에 없었다.

그 결과는 결국 실패로 돌아갔고 지금 한성은 혁명의 불꽃이 끝나기 전에 절대자와의 승부를 결정 낼 생각을 하고 있었다.

그때였다.

환희에 찬 목소리가 들려왔다.

"도착했습니다!"

멀리 앞에 Welcome to San Diego 라고 쓰인 간판이 보이고 있었다.

한성은 마음속으로 중얼거렸다.

'어쩌면 진짜 적은 절대자가 아니라 전 인류 일지도……'

4. 캘리포니아 드림.

회귀의 절대자

4. 캘리포니아 드림.

샌디에고.

푸른 바다가 출렁이는 샌디에고의 바닷가 근처 작은 카페.

평일이었지만 Closed 라고 적힌 간판이 문 밖에는 걸려 있었다.

겉으로 보아서는 평범한 카페 이었지만 이곳은 샌디에고의 혁명단 들이 모이는 비밀 장소였다.

지금 이곳에는 혁명단의 핵심 리더들만이 모여 있었다.

멕시코에서 넘어온 혁명단 대부분은 안전한 곳에서 대기를 하고 있는 상황이었고 샌디에고의 혁명단 역시 단 세 명만이 자리를 함께하고 있었다.

흑인 사내는 조쉬라고 했고 백인 사내의 이름은 스캇이었다.

샌디에고 혁명단의 리더는 제시카 라는 여자 이었는데 젊은 미국인 답지 않게 안경을 쓴 모습이 리더 보다는 선생님에 어울릴 것 같은 외모의 소유자였다.

이들은 아직까지 타국에서 온 혁명단을 경계하는 듯 보였고 리더 제시카가 말했다.

"시작합니다. 남미쪽의 자료와 합쳤습니다. 편집한 부분 중 핵심 부분만 보여드리겠습니다."

모두의 시선은 커다란 모니터 화면으로 향하고 있었다.

제시카는 USB를 꽂아 실행시키기 시작했다.

사십대 초반으로 보이는 백인 사내의 목소리가 들려왔다.

"안녕하십니까. 저는 '괴담을 찾아서!' 라는 프로의 담당 피디 루이스 히메네스입니다. 지금 저는 브라질의 한 원주민 마을에 와 있습니다. 문명이 전혀 닿지 않는 이곳 아마존의 마을에는 몇 년 전부터 여자들이 실종된 사건이 발생했습니다."

곧바로 동영상은 주변 환경을 보여 주었다.

방송국 촬영팀이 가지고 있는 도구를 제외하고는 현대문물이라고는 전혀 보이지 않는 원주민 마을이 보이고 있었다.

아직도 지구상에 이런 곳이 남아 있다는 게 믿기지 않을 정도로 영화 속에서나 나올 듯 한 부락 이 보이고 있었는데 원주민 아이들은 카메라 같은 문명 도구들이 신기한 듯이 다가와 살펴보고 있었다.

곧이어 원주민으로 보이는 한 늙은 여성이 말했다.

"젊은 여자가 없어졌어요. 10대부터 40대 까지의 여자들이 모두 다 사라졌답니다. 어느 날 괴물들이 나타나 잡아갔어요."

더 이상은 볼 필요도 없다는 듯이 제시카는 영상을 정지시켰다.

제시카가 말했다.

"이 영상을 찍은 루이스 히메네스는 몇 달 후 교통사고로 죽었습니다. 물론 단순 사고라고 발표 되었지요."

팔짱을 끼고 있던 빅터가 말했다.

"이 사건이 절대자와 관련이 있다는 냄새를 맡은 거군."

제시카가 고개를 끄덕이며 말했다.

"원래 처음에는 그 누구도 관심을 가지지 않았습니다. 밀림속에서 사람이 실종되는 것은 흔한 일이고 더구나 원주민이 사라졌다는 것에 신경을 쓰는 사람은 거의 없지요. 그러니 이 사건이 절대자와 관계가 있다고 생각하는 사람은 전혀 없었으니까요. 루이스 역시 단순히 미스테리 사건을 취재 한다고 생각했겠지요. 하지만 결국 이 사건이 절대자와 연관이 있다는 사실을 알아낸 것 같습니다. 그리고 죽음을 당했겠지요. 절대자의 비밀을 알고 있는 다른 사람들처럼……."

잠시 동료들의 죽음을 떠올리고 있던 제시카의 설명이 이어졌다.

"다행스럽게도 죽기 전에 신문 기자인 동생에게 이 사실을 알렸던 것 같습니다. 다음 영상입니다. 이 영상은 루이스의 동생이 몇 달 후 찍은 영상입니다."

곧바로 휴대폰으로 찍은 것처럼 보이는 화질의 동영상이 보이고 있었다.

시간과 공간이 바뀌었다는 듯이 상당수의 다른 배경이 보이고 있었다.

조금 전 까지만 하더라도 보이고 있던 밀림 지대는 전혀 보이지 않고 있었고 현대식으로 지어 있는 건물들이 보이고 있었다.

제시카가 말했다.

"건물을 파악해본 결과 브라질에 있는 국가 소유의 건물이었습니다. 표면상으로는 창고로 알려져 있지만 실제는……."

직접 눈으로 확인해 보라는 듯이 제시카는 말끝을 흐렸다.

정식으로 녹화를 하는 것이 아니라 몰래 카메라를 들고 들어간 듯이 사내들이 바쁘게 움직이고 있는 소리가 들려왔다.

두꺼운 문이 닫혀 있는 가운데 몇몇 사람들이 실랑이를 벌이기 시작했다.

"이거 걸리면 난 죽는 거야."

"시끄럿! 지금 나한테 죽고 싶지 않으면 빨리 내놔!"

사내는 머뭇머뭇 거리다 카드 키 하나를 내밀었다.

전자키를 받아든 사내는 곧바로 출입구에 카드를 집어넣었다.

두꺼운 문이 열렸고 어두컴컴한 가운데 불을 키자 주변이 환해졌다.

"허헉!"

"히익!"

같이 들어간 사내들의 놀란 비명이 새어 나왔다.

"아!"

영상을 처음 보는 혁명단들 역시 놀란 표정을 감추지 못하고 있었다.

지금 눈 앞에는 벌집 모양으로 다닥다닥 붙은 캡슐들이 수천 개가 보이고 있었는데 캡슐 안에는 수많은 여자들이 잠들어 있었다.

더 놀랄 일이 있었다.

카메라들은 여자들의 복부 부분을 확대시켜 보이고 있었는데 여자들은 하나 같이 임신을 한 듯이 배가 부풀러 올라 있는 상황이었다.

"세, 세상에."

"도대체 이건 뭐야?"

전 세계 모든 곳에서 모였다는 듯이 여자들의 인종은

달라 보이고 있었는데 상상수의 숫자가 원주민의 복장을 하고 있었다.

제시카가 설명하기 시작했다.

"이곳에 있는 여자들은 출산을 목적으로 납치되어 있는 겁니다. 물론 인간이 아닌 HNPC의 출산으로 추측됩니다."

캡슐 안에 있는 사람들은 전원 여자들 이었고 하나 같이 전원 임신을 한 것처럼 보이고 있었다.

"이, 이게 도대체."

화면속의 사내들은 당황함에 어찌할 줄 모르고 움직이지도 못하고 있었는데 누군가 말했다.

"잘 찍어. 이거 특종이야."

영상을 찍고 있는 사내들은 한 장면이라도 놓치지 않겠다는 듯이 샅샅이 찍고 있었는데 누군가의 목소리가 새어 나왔다.

"흡혈귀가 혈액을 안정적으로 공급하기 위해 사람을 산 채로 묶어 둔다는 전설은 들었는데 이건 뭐야?"

"이거 임신한 거 아닌가? 근데 왜 임신을 한 채로 있는 거죠? 무엇인지 몰라도 이거 너무 무서운데?"

그때였다.

정신없이 촬영을 하고 있는 가운데 누군가의 거친 목소리가 울려 퍼졌다.

"누구냐!"

"쌍! 달아나!"

곧바로 화면은 흔들리고 있었다.

욕설과 고함이 난무하는 가운데 총성이 울리기 시작했다.

각성자들이 아닌 자들은 곧바로 쓰러졌고 각성자들은 각자 자신의 스킬들을 뿜어내기 시작했다.

마나의 기운이 휘몰아치는 것이 보이고 있었지만 곧바러 더욱더 강한 마나의 기운이 사내들의 몸을 휘감으며 신체가 산산이 부서지는 것이 보이고 있었다.

동영상은 이 부분에서 끝이 났다.

절대자가 감추고 있었던 마지막 비밀.

인류를 이용해 병기를 만들고 있다는 사실이 처음 공개된 상황이었다.

동영상을 처음 보는 사람들은 모두가 놀란 표정을 감추지 못하고 있었다.

물론 한성은 이미 본 영상이었다.

절대자가 어떤 의도를 가지고 이런 병기들을 만들어내는지는 알 수 없었지만 건틀릿이 최종 병기를 생산하기 위해 던전에서 모체를 납치한 것처럼 전 세계에서는 비밀리에 병기 생산을 위한 프로젝트가 진행되어지고 있었다.

제시카가 말했다.

"던전 30층을 겪어 본 미국과 중국 그리고 한국 정부는 알고 있을 겁니다. 던전 30층에서 여자 헌터들이 납치된 사실을 말입니다. 아직 증거는 잡아내지 못했지만 HNPC를 대량으로 만들어 내려는 것처럼 보입니다. 물론 생산을 하고 나면 이들 역시 다잉 캡슐처럼 에너지로 전환 되겠지요."

남미 쪽 헌터들은 이 사실을 알지 못하고 있었지만 한성을 비롯하며 미국의 헌터들은 이 사실을 알고 있었다.

미국과 중국 정부에서는 쉬쉬하고 있었지만 30층을 정복하는 데에 상당한 시간이 걸렸던 미국과 중국은 로머들이 여자 헌터들을 납치했던 사실을 알고 있었다.

대한민국은 한성이 활약 때문에 짧게 끝났지만 한나가 한 보고가 있기 때문에 어느 정도 예측하고 있을 것이 분명했다.

물론 그 부분은 일체 공개 되지 않았다.

'로머 건틀릿이 관리자들과 내통하고 있었다. 던전에서 만난 도우미는 분명 모체 획득과 병기 생산이 목적이라고 말했었다. 하지만 아직 그 목적은 모른다.'

회귀전에도 절대자가 인류를 이용해서 병기를 만든 이유는 알 수 없었다.

에솔릿처럼 HNPC들은 일반적으로 월드 던전이나 상층의 던전을 깨기 위해 사용되었었는데 자신이 알기로는 결코 HNPC의 숫자는 이처럼 많지 않았다.

산도발이 말했다.

"조사한 바에 따르면 이곳에 있는 대부분의 여자들은 주로 문명이 닿지 않는 아프리카와 남미의 원주민들입니다. 주민번호 같은 것은 있지도 않고 현대 사회와는 동떨어진 자들 이니 실종이 되었다 하더라도 경찰에 신고 조차 할 수 없겠죠. 뭐 신고한다 하더라도 이런 비밀을 밝힐 수는 없을 테지만. 아! 그리고 이곳에 있던 여자들 중에는 노숙자, 살 인을 선고 받은 여자 죄수들도 상당수 있었습니다."

잠시 말을 끊었던 산도발이 말을이었다.

"이 영상을 몰래 감춘 자 역시 죽었습니다. 언론에 제보 는 했지만 어찌된 일인지 단 한 줄도 언론에서는 찾아 볼 수 없었지요. 죽는 순간 저에게 이 영상이 담긴 USB를 건 네주더군요."

곧이어 화면을 모두 다 끈 제시카가 앞으로 나왔다.

"우리는 혁명이 일어나는 날 이 영상을 인터넷에 공개할 겁니다."

민석이가 궁금하다는 듯이 물었다.

"왜 지금 당장 인터넷에 올리지 않죠?"

"지금 올리면 파급 효과가 크지 못할 겁니다. 또 아직 이 사실이 절대자와 관련이 있다는 증거는 될 수 없지요. 올린다 하더라도 누군가 장난을 친 거라고 생각할 수 있 겠죠. 아니 관리자 쪽에서는 어떤 수를 써서라도 막을 겁 니다."

"그러면?"

제시카가 한성과 산도발을 바라보며 말했다.

"이제 대혁명의 본격적인 시작이 이곳 캘리포니아에서 시작됩니다. 전 세계의 이목이 집중될 때 다잉 캡슐의 비밀,

Baby Box의 비밀과 함께 동시에 터뜨릴 겁니다. 영상의 파급력을 최대한도로 높이는 거지요."

이미 알고 있는 사실이었다.

혁명이 일어난 날 전 세계의 시선이 집중되고 미국 혁명단은 그동안 준비해 두었던 자료들을 동시에 인터넷에 터뜨리게 되었다.

혁명단을 테러리스트로 낙인찍으려는 순간 영상은 전 세계로 퍼지기 시작했으며 사람들은 처음으로 혁명단을 테러리스트가 아닌 혁명단으로 칭하기 시작했다.

제시카가 말했다.

"혁명에 동참하기 전 까지 여러분들은 지정된 장소에 있어주시면 됩니다. 혁명이 일어날 장소와 정확한 날짜는 알려드릴 수 없습니다."

이미 한성은 언제 어디에서 어떤 사건이 일어나는지 알고 있었지만 제시카는 아직까지 모두를 믿을 수 없다는 듯이 비밀로 붙이고 있었다.

"그리고 내일 우리는 새로운 임무를 수행할 겁니다. 여러분들은 참가하실 필요 없고 혁명이 일어나기 하루 전에 우리와 행동을 하게 될 겁니다."

돌려 말하고 있었지만 사실상 혁명이 일어나는 날 까지는 같이 하지 않겠다는 것을 의미했다.

한성이 말했다.

"내일 수행할 임무에 참가하겠다."

임무에 대해서 말해주지는 않고 있었지만 한성은 이들이 내일 무슨 일을 할지 알고 있었다.

과거 이들은 혁명이 일어나기 전에 샌디에고의 헌터 기지에서 대규모 무기를 탈취했었다.

과거라면 지금 가지고 있는 무기 보다 좋은 무기를 획득할 수 없었을 것이지만 지금은 달랐다.

전설 등급의 무기가 벌써 등장해 버렸으니 내일 분명 전설 등급의 무기를 획득할 가능성은 상당했다.

한성의 말에 제시카는 고개를 흔들었다.

"아뇨. 이 임무는 우리 샌디에고 혁명단들 끼리만 할 겁니다."

거절하는 제시카의 말에 산도발이 물었다.

"우리를 믿을 수 없다는 건가?"

제시카는 더 이상 피하지 않겠다는 듯이 솔직하게 말했다.

"아뇨. 당신들의 실력을 믿을 수 없다는 겁니다. 같이 임무를 수행하다 발목이 잡힐 수는 없습니다."

무시하는 말투에 빅터가 발끈했다.

"실력을 보여 줄까?"

빅터가 싸울 듯이 일어나자 제시카 양쪽에 있던 조쉬와 스캇 역시 몸을 일으켰다.

두 사내 모두 다 상당한 덩치 이었는데 당장이라도 싸울 듯 한 모습에 제시카는 조용히 손을 들어 올렸다.

"가만."

제시카의 손짓에 조쉬와 스캇은 동시에 뒤로 물러섰다.

가볍게 한숨을 내쉰 제시카가 말했다.

"좋습니다. 실력을 테스트 해 보도록 하지요."

❖

다음 날.

한성을 비롯한 혁명단들은 망원경을 통해 멀찌감치 떨어져 있는 한 건물을 바라보고 있었다.

원래 이곳은 과거 절대자가 출현하기 이전에는 해군기지로 사용되던 곳 이었는데 현 시점에서는 헌터들의 방어구와 무기들을 만들고 관리하는 곳이었다.

당연히 무기와 방어구는 고가의 상품이었다.

과거 미국이 군사 장비를 팔아 천문학적인 돈을 벌어들였던 것처럼 현재 이곳은 미국에서도 무기 제조에 탑을 달리는 장소로 수많은 명인들이 무기를 제작하고 있었다.

과거 회귀 전 한성은 이곳을 견학 비슷하게 탐방한 적이 있었고 자신이 사용했던 백호의 검 역시 이곳에서 만들어진 무기였다.

물론 지금 임무는 이곳을 공격하라는 임무는 아니었다.

지금 혁명단의 임무는 제우스 길드에게 판매가 되는 무기를 탈취하는 것에 있었다.

혁명단의 머릿속으로는 제시카의 지시가 떠올려지고 있었다.

"샌디에고에는 헌터들의 무기 창고가 있습니다. 이들은 내일 제우스 길드와 거래를 하지요. 제우스 길드에게 무기를 전해주는 차량을 탈취하십시오. 물론 수비대들이 있을 겁니다. 성공하면 실력을 인정해 드리지요."

제시카는 미션을 하나 주었는데 간단히 말해서 무기 수송 차량을 탈취하라는 임무였다.

"저기 나온다."

산도발의 말에 이어 망원경으로 살펴보고 있던 빅터가 웃음을 흘렸다.

"흐흐흐. 동물들이 보인다. 한두 마리가 아니다."

무기를 트럭에 싣고 있는 가운데 HNPC로 보이는 자들이 경계를 하고 있는 모습이 보이고 있었다.

현재 전 세계에서 가장 강한 나라이자 던전에서도 가장 빠른 진척을 보이고 있는 미국이었으니 당연히 그에 비례해 HNPC들의 숫자가 많았고 실력 또한 높았다.

물론 에솔릿 같은 무지막지한 HNPC는 이런 곳에 있을리 없었지만 일반 각성자와 HNPC들과는 상당한 실력 차가 있었다.

HNPC들이 경계를 선다는 것은 제시카가 전해준 정보에 없었다.

미국 혁명단들은 멀찌감치 떨어져 있는 가운데 건물을

살펴보고 있던 산도발은 씁쓸한 미소를 지으며 중얼거렸다.

"당했군."

원래 제시카는 처음부터 타 지역에서 온 혁명단의 실력을 테스트할 생각을 가지고 있었다.

미국 혁명단들의 실력이야 이미 알고 있었고 믿을 수 있었지만 한국이나 다른 지역에서 온 자들의 실력은 전혀 알지 못하고 있는 상황이었다.

의도적으로 도발을 해서 발끈하게 만들고 자신들의 일을 대신하게 하는 것과 동시에 정작 미국 혁명단들은 혹시나 있을지 모르는 위험에서 빠질 생각이었다.

제시카의 의도를 읽은 산도발이 중얼거렸다.

"아가씨라고 호락호락 하지 않군. 겉으로도 차가워 보이기는 했지만 속은 더 차갑네."

한성이 답했다.

"상관없다. 오히려 실력을 보여주고 무기를 선점한다. 분명 기대한 것 보다 더 좋은 무기가 나올게 분명하다."

한성과 산도발이 지시를 내리고 있는 동안 제시카 일행은 멀찌감치 떨어진 곳에서 망원경으로 한성 일행을 살펴보고 있었다.

담담한 표정을 짓고 있는 제시카와는 다르게 조쉬와 스캇은 당황한 표정이 서려 있었다.

"괜찮을까요? 총 대장 제임스의 지시는 없었는데."

"현재 무기는 절실합니다. 간신히 제우스 길드에게 가는 무기를 탈취할 기회를 얻었는데 실패할 경우 저들이 죽는 것 보다 무기를 얻을 수 없다는 게 더 큰 문제일 겁니다."

두 사내의 말에도 제시카는 아무 말 없이 담담한 표정을 짓고 있었다.

'실력이 없다면 같이 할 수는 없다. 이곳에서 걱정해야 할 HNPC는 옥토퍼스. 물론 그는 밖으로 나오지 않는다. 나머지 HNPC들 조차 잡지 못하는 실력이라면 함께 할 수 없다.'

이미 제시카의 성격을 알고 있는 두 사내는 더 이상 말을 하지 않았다.

곧바로 망을 보고 있던 부하가 소리쳤다.

"출발했습니다! HNPC 6명!"

제시카는 냉정하게 명령을 내렸다.

"저들이 실패할 경우 즉시 출발할 준비를 해라. 무기만을 챙겨서 달아난다!"

미국 혁명단이 자리를 잡고 있는 것을 본 산도발이 말했다.

"자, 저 도도한 저 아가씨에게 실력을 보여주자고!"

곧바로 혁명단은 언덕을 내려와 자동차가 올 도로 위를 점거하기 시작했다.

한성이 나서려는 순간이었다.

산도발이 말했다.

"멕시코 국경에서 자네 실력은 보았으니 이제 내 실력을 보여주마."

곧바로 산도발은 홀로 도로로 나섰다.

대놓고 모습을 드러내는 모습에 지수와 민석이는 놀란 표정을 짓고 있었는데 다른 남미의 혁명단원들은 산도발을 믿고 있다는 듯이 얼굴에 조금의 변화도 보이지 않고 있었다.

빠아아아앙!

앞쪽에서 경적이 크게 울려 퍼지는 순간이었다.

커다란 대형 트럭이 다가오고 있었지만 산도발은 정면으로 손바닥을 내밀고 있었다.

촤아아아앗!

손바닥에서 퍼진 기운은 잡아먹을 듯이 대형 트럭을 향해 뻗어갔다.

콰과광!

대형 트럭은 그대로 뒤집혀 버렸고 뒤따르고 있던 승용차에서 HNPC들이 튀어 나오기 시작했다.

6명의 HNPC가 동시에 튀어 나오고 있었지만 남미 혁명단 역시 지옥을 뚫고 이 자리까지 온 자들이었다.

빅터가 중얼거리며 작살을 꺼내들었다.

"미국 HNPC라. 실력이 어떤지는 몰라도 한번 해 보지."

"가자!"

신호와 동시에 마갈리의 스태프가 새벽의 울림 스킬을 발산하기 시작했다.

HNPC들이 짐승 같은 모습을 드러내며 달려오는 순간 곧바로 전투가 벌어지기 시작했다.

아무리 HNPC라 하더라도 지금 혁명단은 남미의 최강자들이었다.

더군다나 기습을 한쪽은 혁명단 이었고 무엇보다 이들은 이미 계획을 짜 놓고 있는 상황이었다.

좌아아앗!

제니퍼의 채찍이 늘어나며 HNPC 한명을 날려 버리는 순간이었다.

제니퍼와 빅터 뒤쪽에 숨어 있던 마갈리의 스태프가 들어 올려졌다.

"홀딩!"

스태프에서 흘러나간 마나의 기운은 아주 짧게나마 HNPC의 몸을 붙잡을 수 있었다.

0.5초 밖에 잡을 수 없는 스킬이었지만 지금 같은 대결에서 0.5초의 시간은 치명적이었다.

빅터의 작살이 또 한명의 HNPC의 복부를 꿰뚫었고 지수의 활이 허공에서 불을 뿜었다.

전투가 벌어지는 가운데 한성은 뒷짐을 지고 구경을 하고 있을 뿐이었다.

순식간에 전투는 끝나가고 있었다.

살아남은 HNPC 중 한 마리는 당황한 표정을 지으며 달아나고 있었는데 산도발의 검이 가차 없이 그의 등을 찍어 버렸다.

이미 남미 혁명단의 실력을 알고 있는 한성은 이들로 눈앞에 나타난 HNPC를 충분히 제압할 수 있다고 믿고 있었고 오히려 한성은 지금 뒤집어엎어진 트럭에서 무기를 살펴보고 있었다.

거래를 위한 무기였으니 당연히 귀속 되어 있는 무기는 없었다.

대부분은 상급 무기였지만 과연 몇몇 전설 등급의 무기들이 보이고 있었다.

한성의 시선이 한쪽에서 멈추었다.

크로스 보우 두 개를 들어 보인 한성은 무언가 만족스럽다는 듯이 미소를 짓고 있었다.

"재미있는 무기를 발견했다."

검과 사슬을 주력으로 사용하는 한성의 손에는 의외로 대형 크로스 보우 두 개가 들려 있었다.

〈초대형 크로스 보우〉

등급: 전설

공격력: 530-580 사정거리: 5M

설명: 짧은 거리와 연사가 불가능한 크로스 보우. 하지만 장전 시 무지막지한 데미지를 쏟아냄. 레벨 51 이상 사용가능.

특수효과: 50%의 확률로 기본 공격 데미지의 두 배 데미지를 발산시킴.

지금 한성이 들고 있는 크로스 보우의 공격력은 던전에서 헌터들이 사용했던 소형 크로스 보우에 비해 무려 네 배 가까운 공격력을 가지고 있었다.

빠르게 연사 할 수 없다는 점과 사정거리가 짧다는 단점이 있었지만 위력만큼은 그 어떤 크로스 보우보다 더 강력했다.

전투는 끝났지만 한성은 이제 시작이라는 듯이 두 개의 크로스 보우를 각각 한 손에 장착하기 시작했다.

한성이 산도발을 바라보며 말했다.

"다시 올 수 없는 기회. 고작 이 정도 무기를 가지고 갈 수는 없다."

"그렇다면?"

한성은 트럭이 출발한 지점으로 시선을 돌렸다.

"서, 설마?"

"그렇다 통째로 빼앗아 버린다."

한성의 시선은 부하들과 함께 내려오고 있는 제시카를 바라보았다.

"그리고 난 별로 시키는 대로 하는 성격이 아니라 말이야."

더 이상 말하지 않겠다는 듯이 한성은 달려가기 시작했다.

지수와 민석이를 비롯한 대한민국 혁명단 역시 주저 없이 한성의 뒤를 따르기 시작했다.

혁명단의 실력에 만족스러운 눈길을 보내고 있던 제시카의 눈이 커졌다.

"어엇!"

한성은 지금 곧바로 본부를 향해 달려가고 있었다.

이미 임무는 끝났지만 어찌된 일인지 한성은 곧바로 기지를 향해 달려가고 있었다.

"뭐야? 스파이였어?"

"아닌데? 지금 싸우고 있잖아! 세, 세상에!"

산도발이 말했다.

"무기고를 통째로 털어버리겠다고 하더군. 우리는 합류할 거다."

곧바로 산도발 역시 부하들을 데리고 한성의 뒤를 따르기 시작했다.

예상치 못한 한성의 돌발 행동에 미국 혁명단들은 당황해 하며 제시카를 바라보고 있었다.

제시카의 머리는 빠르게 움직였다.

'기지 안에 있는 HNPC 중에 걱정할 것은 옥토퍼스 하나 뿐. 모두가 힘을 합치면 이길 수 있다.'

결단을 내렸으니 지체할 이유는 없었다.

"전원 공격!"

제시카와 미국 혁명단들은 한성의 뒤를 따르기 시작했다.

철컥!

크로스 보우를 한번 흔들 때 마다 마치 샷건이 장전되는 것 같은 소리가 울려 퍼졌다.

파아아아아앙!

크로스 보우에서 내뿜는 위력 역시 샷건을 연상케 할 정도로 한성을 향해 달려오고 있던 각성자의 몸은 산산조각 나며 부서지고 있었다.

워낙에 커다란 크로스 보우인 탓에 한 개를 들기도 힘들었지만 지금 한성은 양 손에 한 개씩 든 채로 번갈아 가며 사격을 하고 있었다.

50% 확률로 공격력이 두 배가 된다는 것은 두 개를 들고 쏘면 적어도 둘 중 하나는 두 배의 공격력을 낼 수 있다는 말과 같았다.

속공을 쓴 상태로도 한성의 움직임은 자유자재로 움직이고 있었고 순식간에 경비병들은 쓰러지고 있었다.

철컥! 파앙! 철컥! 파앙!

반복되는 장전소리와 발포 소리에 벽이 부서지고 있었고 경비병들은 겁을 먹고 다가오지 못하고 있었다.

그때였다.

사내 한명이 한성의 앞에 나타났다.

한성이 말했다.

"보통 HNPC들은 얼굴이 동물로 바뀌는데 네 놈은 팔이군."

눈앞에 나타난 HNPC는 얼굴은 인간의 얼굴이었지만 팔만큼은 문어의 다리와 같은 모습이었다.

"옥토퍼스라고 한다. 죽기 전에 누구한테 죽었는지 알고 나 죽어라."

사실 이미 알고 있는 HNPC였다.

과거 회귀전 한성이 이곳을 방문 했을 때 이곳을 지키고 있던 HNPC들은 이미 다 기억하고 있었다.

한성이 크로스 보우를 겨누는 순간 옥토퍼스가 소리쳤다.

"죽어!"

파아아아앗!

곧바로 먹물 같은 검은 물체가 분수처럼 옥토퍼스의 입에서 뿜어져 나왔다.

순식간에 한성과 옥토퍼스 사이에는 검은 액체가 벽처럼 생성되며 시야를 가리고 있었다.

'시야를 가린다!'

파앙! 파아아앙!

크로스 보우에서 두 발이 뿜어져 나갔지만 상대가 맞았는지는 확인할 수 없었다.

지금 옥토퍼스의 스킬은 과거 생존도에서 교관들이 사용했던 흑풍과 비슷한 기능을 하는 스킬이었는데 교관들과 다른 점이 있었다.

교관들은 흑풍을 사용했을 경우 자신들조차 상대의 움직

임을 볼 수 없었는데 옥토퍼스에게는 타겟팅을 할 수 있는 능력이 있었다.

이미 한성의 두 손에 크로스 보우가 있다는 것을 알고 있는 옥토퍼스는 팔을 노리고 타겟팅을 한 상황이었다.

촤아아아앗!

어둠 속에서 문어의 다리 같이 생긴 팔이 늘어나며 한성의 두 팔을 붙잡았다.

늘어날 수 있는 신체, 그리고 타겟팅은 옥토퍼스의 최고 장기였다.

"잡았다!"

이미 느낌으로 한성의 양 팔을 붙잡았다고 옥토퍼스가 생각한 순간이었다.

시야를 가렸던 먹물이 사라졌다.

옥토퍼스의 입에서 당황한 비명이 새어 나왔다.

"어엇!"

어느새 한성의 양손에는 크로스 보우 대신 날카로운 갈고리 모양의 낫이 들려 있었다.

상대는 자신의 비기를 꿰뚫어 보고 있었다.

"어, 어떻게?"

"네 놈의 스킬은 본적 있다. 늘어난 팔에는 장비를 착용하지 못한다는 것도 알고 있다."

곧바로 한성의 양 손에 들려 있던 갈고리가 날카롭게 붙잡고 있는 팔을 베어버렸다.

위력이야 별 볼일 없었지만 예리함만큼은 아무런 장비도 없는 옥토퍼스의 팔을 베어버리기에 충분했다.

촤아아앗!

떨어져 나간 문어 다리 모양의 팔은 바닥에서 팔딱 거리며 뛰어오르고 있었고 비명이 울려 퍼졌다.

"아아아아악!"

어느새 한성의 두 손에는 크로스 보우가 장전되고 있었다.

철컥! 철컥!

장전되는 소리가 끝나는 순간 한성의 목소리가 들려왔다.

"잠들도록!"

파아아앙! 파아아앙!

두 번의 굉음이 동시에 울려 퍼지면 옥토퍼스의 몸은 '펑!' 하는 소리와 함께 산산조각 나고 말았다.

곧이어 한성의 시선이 무기 창고 입구로 향하고 있을 때였다.

"이봐!"

"괜찮아?"

뒤쪽에서 자신을 부르는 미국 혁명단의 외침이 들려왔다.

"세, 세상에!"

"잡, 잡았어? 혼자서?"

믿기지 않는 다는 듯이 한성을 바라보고 있는 가운데 한성이 미국 혁명단원들을 바라보며 말했다.

"무기 창고는 저기다. 모조리 쓸어 담도록!"

이 모든 광경을 지켜보고 있던 제시카는 휴대폰을 들어 올렸다.

만족한다는 듯이 옅은 미소를 흘린 제시카는 제임스에게 전화하기 시작했다.

"캘리포니아 드림 성공입니다."

5. 대 혁명. Great Revolution

회귀의 절대자

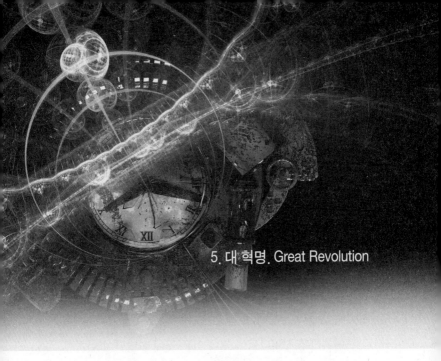

5. 대 혁명. Great Revolution

샌디에고에서 대규모의 무기 탈취가 일어난 지 며칠 후.

새크라맨토.

캘리포니아의 주도인 이곳 새크라맨토에는 주지사를 비롯하여 수많은 관리자들이 모여 있는 상황이었다.

일 년에 한번 회의를 하는 자리에서 관리자들은 지금 생각하지도 못한 벼락을 맞고 있었다.

"테러리스트다!"

"수비병! 수비병!"

캘리포니아의 고위 관리자들 수십 명이 모여 있는 가운데 지금 이곳에서는 관리자들과 혁명단의 처참한 대결이 펼쳐지고 있었다.

한국, 남미, 멕시코 등지에서 온 혁명단 뿐 아니라 캐나다, 쿠바, 등등 전 세계 각지에서 모여든 혁명단의 실력자들이 지금 이곳에서 혁명의 불꽃을 터뜨리고 있었다.

남미의 혁명단을 지휘하고 있는 산도발이 외쳤다.

"전 세계에 혁명의 시작을 알린다!"

혁명단의 목표는 관리자들 암살.

이곳에 모인 관리자들을 모두 다 제거한다면 미 서부 최대의 주인 캘리포니아 전체를 흔들 수 있었다.

전 세계에서 모여든 혁명단의 숫자는 무려 380명.

반면에 관리자들의 숫자는 경비병들을 포함해도 100여 명에 불과했다.

관리자라는 실력자들이 모여 있는 곳에 혁명단이 이처럼 대담하게 기습을 할 줄은 그 누구도 예측할 수 없는 일이었다.

마나의 기운이 몰아치는 가운데 다급한 외침이 울려 퍼지고 있었다.

"HNPC들을 불러!"

"지원을 요청해라!"

어느 쪽이 우세한 지는 관리자들 사이에서 다급함을 알리는 목소리로 알 수 있었다.

사방에서 마나의 기운이 휘몰아치고 있는 가운데 한성은 담담하게 양 손으로 거대 크로스 보우를 든 채로 걷고 있었다.

철컥!

파아아앙!

철컥!

파아아앙!

크로스 보우의 장전되는 소리와 마나의 뿜어내는 소리가
연달아 울려 퍼지고 있었다.

마치 양 손에 샷건 하나씩을 들고 있는 듯이 한성은 천천
히 걷다시피 하며 상대를 명중시키고 있었다.

수많은 혁명단들 중에 가장 움직임이 적었지만 가장 많
은 공을 세우고 있는 자가 바로 한성이었다.

"막아라!"

"던전에서 지원병들이 오고 있다! 시간 끌어!"

담벼락을 만든다는 듯이 건물 입구 앞에서는 두꺼운 방
패를 든 병사들이 입구를 막고 있었다.

걷고 있던 한성은 목표물을 파악했다는 듯이 순간적으로
속도를 높였다.

사정거리가 짧은 탓에 상대 5M이내의 거리까지 가까이
가야 했지만 이곳에 있는 그 누구보다 빠른 속공을 가지고
있는 한성에게는 전혀 문제없었다.

철컥!

적의 가장 견고한 부분이라 생각된 곳에 크로스 보우의
마나가 분출되었다.

파아아아앙!

전설 등급의 크로스 보우라는 사실을 입증이라도 한다는 듯이 크로스 보우는 명중된 대상을 그대로 터뜨려 버리고 있었다.

콰과과강!

크로스 보우의 마나가 번쩍이는 순간 막혀 있던 수비병들이 산산 조각난 방패 조각들과 함께 하늘로 튀어 오르며 길이 열리고 있었다.

뒤쪽에서 검을 들고 따라오고 있던 민석이가 외쳤다.

"방패병! 또 옵니다!"

"와아아아아아!"

정면에서는 거대 방패를 들고 있는 자들이 선두에 선 채로 방패를 내밀며 달려오고 있었는데 뒤쪽으로는 무기를 든 자들이 방패병의 뒤에 숨은 채 달려오고 있었다.

마치 들고 있는 크로스 보우의 성능 테스트를 하 듯이 한성의 크로스 보우는 방패를 들고 있는 수비병에게 향했다.

철컥! 철컥!

파아아아앙! 파아아앙!

콰과과과강!

등급이 다른 무기라는 것을 증명이라도 하듯이 거대 방패는 두 방의 공격에 날아가 버렸고 곧바로 한성 뒤쪽에서 지수의 활과 민석이의 검이 마나를 뿜어내며 방패병 뒤에 숨어 있던 자들을 공격하기 시작했다.

크로스 보우를 들어 보이며 한성은 중얼거렸다.

"편하기는 하지만……."

순간 크로스 보우를 멈춘 한성의 시선이 한쪽으로 향했다.

촤아아아앗!

자신의 노리며 붉은 색 마나의 기운이 휩쓸고 지나갔다.

실력자임을 말해 준다는 듯이 한성을 노리고 날아온 붉은 색 기운은 상당히 거대했는데 한성이 피하는 순간 곧바로 또 하나의 검이 솟구쳤다.

촤아아앗!

한성이 들고 있던 크로스 보우는 순식간에 두 동강 나버렸고 한성은 자신을 향해 공격 한 자를 바라보았다.

알고 있는 인물이었다.

'주지사. 첸. 이도류.'

첸은 작은 체구의 동양인 이었는데 현재 캘리포니아의 주지사로 있는 인물이었다.

주지사라 하면 주의 대통령이나 마찬가지인 만큼 실력역시 다른 관리자들에 비해 위에 있는 실력이었다.

한성이 가장 실력자임을 알고 있다는 듯이 첸은 직접 몸을 날렸고 상당히 화가 났다는 듯이 검을 휘두르고 있었다.

"이곳이 어디라고 감히!"

촤아아아앗!

작은 체구였지만 두 개의 검이 동시에 각기 다른 방향으로 떨어지는 공격은 가볍게 볼 공격이 아니었다.

검을 비켜서는 가운데 한성의 크로스 보우는 붉은 기운을 피하지 못하며 동강 나 버리고 말았다.

동강난 크로스 보우를 버린 한성의 손에는 어느새 새로운 검이 나타나고 있었다.

강자가 나타났지만 한성의 입가에는 미소가 흘러내리고 있었다.

"역시 활보다는 검. 테스트해 볼 적당한 상대를 만났군."

샌디에고에서 입수한 이후 지금까지 단 한 번도 실전에서 사용해 본 적 없는 검이었다.

〈웹폰 브레이커. Weapon Breaker〉

등급: 유니크 전설

공격력: 690~790

설명: 영웅등급의 해머 보다 강한 파괴력을 가진 전설등급의 유니크 검. 레벨 56 이상 사용가능.

특수효과: 전설 등급 아래에 있는 모든 하위의 아이템을 파괴시킴. 면역 쉴드 파괴 효과.

유니크 검.

Weapon Breaker.

말 그대로 무기를 파괴하는 무기.

샌디에고에서 입수한 검 중 단연 최강의 검이었다.

원래 한성이 단순히 샌디에고 무기고를 노린 것은 단순

히 제시카의 지시를 따르지 않으려 했던 것이 아니었다.

Weapon Breaker는 과거 한성이 탐을 내던 무기였고 그 출발점이 샌디에고라는 사실을 한성은 알고 있었다.

혹시나 하는 마음에 찾아보았는데 뜻밖에도 검은 샌디에고에 남아 있는 상황이었다.

전설 등급 보다 아래의 무기를 모조리 파괴시키고 면역 쉴드 조차 파괴 시켜 버린다는 특수 효과는 절대자의 이름에 걸맞은 무기였다.

한성의 시선은 상대의 무기로 향했다.

첸의 양검에는 특수 효과가 있다는 듯이 검 주변으로는 끊임없이 붉은 기운이 휘몰아치고 있었는데 한성은 전혀 개의치 않는다는 듯이 정면으로 검을 내질렀다.

첸은 회심의 미소를 짓고 있었다.

'멍청한 놈! 검 두 개 있는 것이 보이지도 않느냐!'

첸의 한쪽 검은 한성의 검을 막으려 움직였고 다른 한쪽 검은 아래로 향하며 한성의 몸을 베려 아래쪽으로 향하는 순간이었다.

한성은 개의치 않는 다는 듯이 일직선으로 단순하게 검을 내리찍고 있었다.

마나의 기운이 휘몰아치는 검과 순수한 검 자체가 서로 부딪치는 순간이었다.

챙그랑!

"어억!"

검이 깨지는 소리와 함께 첸의 짧은 비명이 튀어 나왔다.

첸이 들고 있던 검은 영웅 등급의 무기 이었지만 들고 있던 검은 산산조각 나고 있었다.

자신의 검이 깨어질 줄은 상상조차 할 수 없었다.

한성의 기세는 아직 끝나지 않고 있었다.

한성은 검을 잡은 두 손을 그대로 내리찍었다.

촤아아아앗!

그대로 일직선이 그어지며 첸의 몸은 두 조각으로 갈라지고 있었다.

"이, 이럴 수가!"

첸의 마지막 목소리는 들리지도 않고 있었다.

한성의 신경은 온통 들고 있는 검에 집중되어 있었다.

아직 과거에 비해 낮은 레벨 이었지만 지금 들고 있는 검만큼은 과거에 사용했던 무기에 비해 손색이 없었다.

두 손으로는 절대자 시절 휘둘렀던 검의 감각이 그대로 전해져 오고 있었다.

한성이 만족한다는 듯이 검을 바라보고 있던 순간이었다.

"흥! 검 좋네요."

어느새 곁으로는 제시카가 다가와 있었다.

가장 강한 관리자를 제거했지만 제시카는 퉁명스럽게 말하고 있었다.

한성의 돌발 행동으로 샌디에고 무기고에서 예상보다 훨씬 많은 무기를 획득한 것은 큰 이득이었지만 그 많은 무기 중 유일하게 있는 최강의 무기를 한성이 가져 간 것에 한편으로는 약이 올라 있었다.

물론 검을 입수한 직후 한성이 제일 먼저 한 것은 귀속이었다.

"후후후."

한성은 낮은 웃음으로 대신했다.

아직까지 전설 등급은 물론이고 그 보다 한 단계 아래 등급인 영웅 무기조차 크게 대중화 되지 못하고 있었다.

즉 지금 한성의 무기는 대부분의 상대 무기들을 부숴버릴 수 있다는 것을 의미했다.

적의 우두머리가 사라졌다는 것으로 이미 상황은 끝난거나 다름없었다.

"첸 님이 쓰러지셨다!"

곧바로 무너질 것 같았던 상대의 기세가 완전히 무너져버리는 것이 느껴져 왔다.

한성의 시선이 남은 관리자들을 처리하고 있는 혁명단에게로 향했다.

지금 혁명단이 착용하고 있는 무기들은 전원 영웅 등급 이상의 무기들이었다.

숫자뿐만 아니라 무기 역시 더 높은 상황에서 관리자들이 혁명단을 당해낼 수는 없었다.

특히나 산도발, 빅터, 제니퍼등 타국에서 온 혁명단의 실력은 일개 관리자들로는 상대할 수 없는 실력이었다.

어느덧 상황은 종료되어지고 있었고 누군가 소리쳤다.

"던전에서 대규모의 헌터들이 온다고 합니다!"

"월드 던전에서도 보고가 왔습니다. 헌터들! 전원 이곳으로 집중되고 있습니다!"

지금 까지 혁명단은 소규모로 공격하는 것이 전부였다.

지금처럼 대규모의 공격은 처음 이었고 이처럼 강한 공격이 성공한 적 역시 없었다.

관리자들이 상당히 당황했다는 것이 느껴지며 마치 미국의 모든 헌터들이 이곳을 향해 오는 것처럼 느껴지고 있었다.

혁명단의 보고가 이어졌다.

"관리자 전원 처단했습니다!"

제시카가 말했다.

"이제 철수합니다."

"철수하라!"

"철수하라!"

곧바로 혁명단들은 철수를 하기 시작했다.

제시카가 이끄는 곳으로 따라가고 있던 산도발이 물었다.

"어디로 가죠?"

이들은 만일의 사태에 대비한 듯이 아직까지도 돌아갈

곳을 말해주지 않고 있었다.

지금 사방에서 포위망들이 좁혀 오고 있을 것이 분명했으니 이런 도심 한 가운데에서 빠져나간다는 것은 결코 쉽지 않았다.

제시카가 앞쪽을 가리키며 말했다.

"저곳입니다. 저곳에 가시면 알 겁니다."

산도발은 고개를 흔들었다.

"이야. 아직까지도 말해주지 않다니 참 너무하네."

산도발의 말에도 제시카는 못들은 척 하고 있었다.

한성의 뒤를 따르고 있던 민석이는 뭔가 분한 듯이 말하고 있었다.

"마음에 들지 않는 군요. 정작 총 리더란 자가 가장 중요할 때 나오지도 않고 미국 혁명단들도 일부만 참가했잖아요. 이씨. 위험한 일은 우리가 다 하고."

혁명의 시작이 열렸지만 총대장이라는 제임스는 아직 얼굴조차 보지 못하고 있었다.

모두의 시선이 이곳으로 향한 지금 정작 혁명단의 총 대장 제임스는 이곳에서 참가하지 않고 있는 상황이었다.

한성은 제시카를 바라보며 물었다.

"지금 쯤 던전 점령은 성공했겠지? 지금 우리가 달아날 곳 역시 던전이 아닌가? 미국 던전 30층?"

"어, 어떻게 그 사실을?"

제시카는 크게 놀랐다.

원래 지금 이곳을 공격한 것은 던전의 수비를 줄이기 위한 일종의 미끼 작전이었다.

정확하게 말한다면 지금 이곳의 관리자를 처단하는 것보다 던전을 점령하는 것이 더 중요한 일이었다.

혁명단의 총대장 제임스는 국가의 시선을 이곳 새크라맨토로 향하게 한 후에 던전을 정복할 계획을 가지고 있었다.

던전에 있던 각성자들이 이곳으로 돌아오는 순간 던전은 비워질 것이 분명했고 그 시점이 던전을 공략할 수 있는 절호의 기회였다.

한성은 담담히 말했다.

"전 세계 국민들의 지지가 있다 하더라도 각성자들을 육성시키고 발전시키기 위해서는 던전이 필수다. 던전을 점유하고 아티팩트를 점령하는 것이 진짜 작전 아니었나?"

차가운 표정을 짓고 있던 제시카의 얼굴에도 당황함이 보이고 있었다.

'이자 뭐지? 실력이 뛰어나다는 것은 인정하지만 이건 실력과는 별개인데……'

어찌된 일인지 눈 앞의 동양인 사내는 미래를 보고 있는 것 같았다.

제시카는 부인 하지 못한 채 시선을 돌리며 앞쪽으로 향했다.

"저곳 입니다!"

눈앞에는 아티팩트가 보이고 있었다.

현실세계에서 던전으로 입장이 가능한 아티팩트는 미국 헌터들이 전용으로 사용하는 아티팩트 이었는데 경비병들은 이미 제거가 되어 있는 듯이 지키고 있는 자는 단 한명도 보이지 않고 있었다.

　모두가 들으라는 듯이 제시카가 큰 소리로 외쳤다.

　"저곳에서 던전 30층으로 이동합니다!"

　미리 대기하고 있던 혁명단들이 아티팩트를 가동시키기 시작했고 아티팩트의 초록색 빛이 출렁이기 시작했다.

　대규모 혁명이 새크라맨토에서 불꽃을 피워 올리고 있던 그 시각.

　전 세계는 충격에 휩싸였다.

　새크라맨토의 충격 때문은 아니었다.

　전 세계에서 인터넷에 접속을 하고 있던 사람들은 모두 다 똑같은 반응을 보이고 있었다.

　"어엇? 이게 뭐지? 절대자의 비밀?"

　"와, 조회수 봐! 끝도 없이 오르고 있어!"

　"어라? 끊겼어! 삭제되었나?"

　"아! 또 올라왔다!"

　지금 인터넷에는 절대자의 비밀 이라는 90분 짜리 동영상이 끝도 없이 퍼져나가고 있었다.

[안녕하십니까. 저는 미국 혁명단 제임스라고 합니다. 지금부터 보이는 영상은 절대자가 감추고 있는 비밀들입니다. 최대한 많은 사람들이 볼 수 있게 퍼뜨려 주십시오.]

혁명단 리더 제임스의 인사로 시작된 동영상은 수년 동안 모은 절대자의 비밀들을 공개하기 시작했다.

지금 까지 전 세계에 밝혀진 절대자의 비밀은 생존도의 희생자를 에너지로 사용한다는 사실 밖에 없었다.

생존도에서 희생되는 숫자는 전 세계 국민들 중 극소수.

잘못되었고 희생자들이 안됐다는 생각이 들고는 있었지만 사람들은 더 많은 사람들을 구할 수 있다는 생각에 암묵적으로 침묵하고 있었다.

하지만 지금 동영상은 절대자가 숨기고 있는 모든 비밀들을 보여주고 있었다.

다잉 캡슐의 비밀과 베이비 박스 그리고 가장 충격적인 병기 생산 공장이 공개 되는 순간 세상은 큰 혼돈에 빠져버렸다.

지금까지 절대자는 신과 같은 존재였는데 절대적인 신앙을 가지고 있는 국민들의 충격은 더욱더 컸고 세상은 동영상이 가짜라 주장하는 쪽과 진실을 밝혀 달라는 쪽으로 나뉘고 있었다.

아직까지 그 어느 국가도 공식적인 입장을 내놓지는 않고 있었지만 전 세계가 충격과 공포로 휩싸이게 되었다는 것은 부인할 수 없었다.

사람들은 두려움에 벌벌 떨기 시작했으며 동영상의 처참한 비밀은 급속도로 전 세계로 퍼져 나가고 있었다.

제임스의 마지막 말이 울려 퍼졌다.

[오늘 새크라맨토에서 우리의 혁명이 시작되었습니다. 이제 우리는 싸울 겁니다. 절대자에게 책임을 물을 것이며 심판하겠습니다. 전 세계 모든 국민들의 지지를 호소합니다.]

영상은 끝이 났다.

새크라맨토에서 일어난 혁명이 앞 다투어 뉴스를 타기도 전에 절대자의 비밀에 관한 동영상이 거대한 파도처럼 덮어버리고 있었다. 지금 세상은 돌이킬 수 없는 큰 혼돈에 빠져버리고 있었다.

❖

미국 던전 30층.

던전 안에 있던 아티팩트의 빛이 번쩍이며 새크라맨토에서 빠져 나온 혁명단들은 하나 둘 씩 모습을 드러내고 있었다.

한성은 던전을 살펴보았다.

자신이 기억하는 던전 30층과 똑같은 모습이었는데 다른 점이 있었다.

모든 던전에 아티팩트는 단 한 개밖에 존재하지 않았는데 어찌된 일인지 지금 던전 한쪽에는 소형 아티팩트들이 열 개 가까이 보이고 있었다.

'만들어 냈구나!'

지금 까지 아티팩트를 만들어 낼 수 있는 기술은 극비 사항이었다.

그 탓에 아티팩트는 국가가 지정된 장소에만 있을 수밖에 없었는데 어느덧 혁명단 인원들 역시 아티팩트를 만들어 낼 수 있었다.

특히나 던전 30층 이후에는 원하는 던전으로 이동이 가능한 아티팩트를 만들어 낼 수 있었는데 이건 하나의 혁명이나 마찬가지였다.

가령 지금까지는 미국의 던전에서 한국의 던전으로 이동이 불가능했는데 아티팩트를 만들어낸 지금 부터는 전 세계 어디에 열려 있는 아티팩트로 이동하는 것이 가능해졌다.

물론 이동을 위해서는 이동할 아티팩트와 미리 연결을 해야 했지만 이동이 가능하다는 사실 하나만으로도 던전의 획기적인 발전이 아닐 수 없었다.

아직 모든 인원이 도착하지도 못하고 있었지만 한쪽에서 밝은 목소리가 울려 퍼졌다.

"환영합니다!"

모두의 시선이 목소리가 들려온 쪽으로 향했다.

미국 혁명단의 리더.

금발 머리의 백인 사내는 혁명단의 리더 제임스였다.

1대 혁명단의 리더인 제임스는 상당히 뛰어나고 초창기 암흑에서 숨어 지내던 혁명단을 절대자와 대등한 위치에서 싸우는 수준까지 올려놓은 사내였다.

다만 제임스의 리더 역할은 몇 년을 지속되지 못했고 그 역시 절대자와의 최후의 싸움이 벌어지기 몇 년 전 거액에 눈이 먼 자들에게 배신당해 죽고 말았다.

그때였다.

혁명단이 계속해서 던전으로 입장하고 있는 가운데 아티팩트의 기계음이 울려 퍼졌다.

[30층 입장 가능 인원 초과 했습니다! 더 이상 입장이 불가 합니다!]

제시카가 보고를 하듯이 말했다.

"현 인원 400명을 초과 했습니다."

던전 입장에는 제한이 있었다.

수만 명이 입장 할 수 있는 월드 던전과는 다르게 던전 30층은 400명 이라는 숫자 제한이 있었다.

과거 오랜 시간 지속되지 못할 것 같았던 혁명이 꽤 오랜 시간을 버틸 수 있었던 이유가 이곳에 있었다.

던전에 입장 숫자가 제한되어 있다는 것은 이미 안에 헌터들의 숫자가 가득 차 있다면 밖에서는 들어 올 수 없다는 것을 의미했다.

즉 아무리 강한 적들이 밖에서 우글거린다 하더라도 던전에서 숫자를 채우고 버티고 있는 이상 관리자들이 던전을 빼앗을 수는 없었다.

이 사실을 알고 있는 탓에 제임스는 시작과 동시에 던전 30층을 확보한 것이다.

제시카의 보고에 제임스는 고개를 끄덕였다.

"오케이. 이동하도록!"

미리 대기하고 있던 미국 혁명단들이 아티팩트로 이동하기 시작했다.

미국 혁명단이 사라지는 것과 동시에 사라진 숫자만큼 새로운 혁명단들이 던전안으로 입장하기 시작했다.

어느덧 새크라맨토에서 탈출한 혁명단은 전원 도착했고 제임스가 말했다.

"모두들 환영합니다. 이곳 던전 30층이 우리의 새로운 나라. 새로운 혁명이 시작될 본거지입니다."

모두가 깜짝 놀랐다.

지금까지 던전은 철저하게 국가에 소속되어 있었는데 어느새 제임스는 던전 그것도 무려 30층의 던전을 점유하고 있는 상황이었다.

혁명이 일어난 다음에 피할 장소라고는 여의치 않았는데 이곳 던전이 피난의 장소이자 본거지가 되었다니 혁명단들은 믿기지 않는다는 듯이 주변을 살펴보고 있었다.

제임스가 말했다.

"시리아의 6층, 페루의 6층부터 10층. 방글라데시의 5층 등등. 이미 우리 혁명단이 점령한 던전들은 무려 30개에 가깝습니다. 모두 안심하셔도 됩니다. 지금 이곳은 정원이 차 있는 관계로 외부로 부터는 단 한명도 들어올 수 없습니다. 아! 물론 밖으로 나가시는 것은 아티팩트가 있는 전 세계 어느 곳으로라도 나가실 수 있습니다."

미국의 던전 30층 뿐 아니라 전 세계에 있는 던전을 이렇게나 많이 선점했다는 사실에 혁명단들은 놀라고 있었다.

제임스가 비장한 눈빛을 내며 말했다.

"단순히 아무 날짜를 정해 혁명을 시작한 것이 아닙니다. 아티팩트의 제조 능력을 갖추었고 전세계의 던전을 확보한 후 시작한 혁명입니다. 충분히 싸울 수 있습니다."

지금 까지 혁명단은 가입한 혁명단원 조차 혁명이 계란으로 바위 치기라는 생각을 가지고 있었다.

허나 지금 이렇게 까지 든든한 배경이 있다는 것을 알게 되었으니 이 정도라면 해 볼만 하다는 생각이 혁명단에게 가득 차 있을 때였다.

한쪽에서 차가운 목소리가 들려왔다.

"이렇게 해서는 못 이겨."

달아오르던 열기에 찬물을 끼얹는다는 듯 한 목소리에 모두의 시선이 향했다.

한성이 몸을 일으키며 말했다.

"던전을 점령하는 것은 필수. 하지만 이곳 30층을 제외하고는 모두 다 하층이다. 알다시피 던전은 위의 층이 열릴 때 마다 하층의 몬스터와 자원들은 사라지게 된다. 즉. 지금 점령하고 있는 던전들은 결국에는 쓸모없게 되어 버린다는 거다."

과거 이 부분이 혁명단이 길게 유지 될 수 없던 부분이었다.

관리자들은 혁명단의 의도대로 들어올 수는 없었지만 아직 정복되어지지 않은 상층을 정복할 수는 있었다.

상층의 던전이 정복되어 질수록 하층에서 출현하는 몬스터들은 사라져 버리게 되었으니 결국 하층의 던전은 아무 쓸모없게 되어 버렸다.

아직이야 초반이니 여유가 있을지 몰라도 이건 서서히 목이 조여지는 것과 같았다.

결국 30층을 제외한 대부분의 던전은 닫히게 되었고 자원과 자금줄이 끊겨 버린 탓에 혁명단은 위기를 느낄 수밖에 없었다.

제임스가 한성을 바라보며 말했다.

"그 부분도 알고 있습니다. 곧 월드 던전도 노릴 생각입니다."

과거 혁명단이 던전을 점유하는 데에 성공은 했지만 월드 던전 만큼은 극히 일부분 밖에 점령할 수 없었다.

레벨을 60이상으로 올리기 위해서는 반드시 월드 던전

을 점령해야 했고 과거 혁명단이 점령을 한 일부분을 가지고는 결코 관리자들과의 격차를 줄일 수 없었다.

제임스의 말에도 불구하고 한성은 고개를 흔들었다.

"아니. 지금이 아니면 결코 할 수 없어."

혁명이 시작된 지금 관리자 쪽 역시 흔들리고 있었다.

물론 핵심 코어인 강력한 수비대가 있을 것이 분명했지만 지금이 아니면 기회는 영원히 오지 않는다는 것을 한성은 알고 있었다.

출전 준비를 하고 있는 한성의 모습에 제임스의 눈썹이 꿈틀거렸다.

"설마?"

"지금쯤 세상은 발칵 뒤집혔겠지? 대책을 마련하기 위해 최상위 관리자들 역시 모두 다 소환 되고 있을 거다. 지금이 하늘이 주신 절호의 기회다."

한성은 자신이 세운 계획을 말할 준비를 하고 있었다.

곧바로 한성은 바닥에 커다란 원 하나를 그리기 시작했다.

커다란 원을 그린 한성은 곧바로 시계처럼 열두 개로 나누기 시작했다.

한눈에 보아도 월드 던전임을 알 수 있었다.

한성이 중앙을 가리키며 말했다.

"월드 던전 중앙에 코어가 있다는 건 알고 있겠지? 드래곤이 사라진 지금 코어에는 열두개의 핵심 코어들이 있다. 각 코어들은 12 개의 지역 중 하나를 제어하는 장치들이다.

즉 11시 방향의 코어를 꺼 버린다면 11시 지역 던전에 존재하는 모든 몬스터와 광물들이 사라진다."

한성에 말에 주변에 있던 자들은 놀란 표정을 감출 수 없었다.

"무, 무슨 말도 안 돼는!"

처음 듣는 다는 듯이 누군가 한성에게 말하는 순간 제임스는 조용히 하라는 듯이 한 손을 들어 올렸다.

지금 한성이 말한 사실은 극비 중에 극비였으며 혁명단 중에도 이 사실을 알고 있는 자들은 제임스를 비롯해 채 다섯 명이 되지 않았다.

곧이어 한성은 제임스를 바라보며 말했다.

"코어를 점령하면 핵폭탄을 손에 쥐고 있는 것이나 마찬가지다. 코어 안에 들어가 열두 개의 코어를 모조리 꺼 버린다면 어떻게 될까?"

던전에서 나오는 수입중에 월드 던전에서 나오는 수입이 가장 컸다.

특히나 3단계 월드 던전은 상급 정수는 물론이고 상상할 수 없는 스킬들 까지 나올 수 있었다.

코어를 닫아 버린다는 것은 천문학적인 돈 줄이 막히는 것이나 다름없었고 그 만큼 코어를 점령한다는 것은 절대자에게 치명타를 가하는 일이었다.

한성이 말했다.

"타국에 있는 저층 던전들은 모두 버려. 그곳의 인원들을 이쪽으로 옮긴다. 이곳에는 머리숫자만 채우면 그만. 가장 실력 없는 자들을 이곳에 배치 시켜 둬. 그다음 실력자들로만 구성되어 월드 던전을 친다."

모두가 한성을 바라보고 있는 가운데 한성은 몸을 일으키며 말했다.

"코어에 있는 아티팩트와는 미리 연결을 해 두었겠지? 지금 당장 출발한다."

새크라맨토의 전투가 끝난 지 얼마 지나지도 않았는데 한성은 벌써 또 다른 전투를 준비하고 있었다.

한성의 급격한 태도에 모두가 제임스의 눈치를 보고 있었다.

담담히 한성을 바라보고 있던 제임스의 입가에 미소가 흘렀다.

"누군가 했더니 제시카가 보고한 사내였군. 이건 보고받은 것보다 훨씬 더 뛰어난 것 같은데?"

"직접 눈으로 확인해 보도록!"

제임스의 의지는 아랑곳없다는 듯이 한성은 움직이기 시작했다.

한성이 움직이는 것과 동시에 대한민국 혁명단이 뒤를 따랐고 곧이어 남미의 혁명단 역시 움직이기 시작했다.

산도발이 제임스를 향해 말했다.

"믿을 수 있는 사내다. 우리는 이 사내와 같이 가겠다."

6. 월드던전.

XII

회귀의 절대자

6. 월드던전.

　혁명단이 포돌스키에게 처참하게 전멸당한 월드 던전으로 한성은 돌아와 있었다.

　과거 군단장으로 참가한지 얼마 지나지 않은 짧은 시간이었지만 지금 한성은 국가 소속이 아닌 혁명단의 일원으로 월드 던전에 입장한 상황이었다.

　한성과 그의 뒤를 따랐던 혁명단이 모두 다 나타났지만 아티팩트는 아직 올 사람이 남아 있다는 듯이 번쩍이고 있었다.

　한성의 시선이 한 박자 늦게 나타난 자들에게 향했다.

　혁명단 총 대장인 제임스를 필두로 100명에 가까운 사람들이 연이어 모습을 드러내고 있었다.

한성이 떠나간 후 제임스는 한성의 말 대로 전 세계 곳곳에서 점령한 하층을 버렸고 가장 뛰어난 실력자 100명을 추려 이곳으로 온 상황이었다.

한성의 시선이 제임스에게 향했다.

제임스가 어느 정도 지원병을 보낼 거라는 생각은 했지만 이렇게 본인이 직접 따라올 줄은 몰랐다.

제임스가 웃어 보이며 말했다.

"같이 가자고."

제임스의 곁으로 다가간 제시카가 조심스럽게 말했다.

"너무 위험합니다. 지금이라도 돌아가는 것이 좋을 것 같습니다."

지금 제임스가 데려온 혁명단원은 정예 중에도 최정예였다.

만일 이곳에서 전멸을 당한다면 사실상 혁명은 이 자리에서 끝나는 것이나 다름 없었다.

제임스가 답했다.

"위험을 각오해야 하는 건 맞지만 저 사내의 말이 맞아. 이곳을 점령하지 못하면 우리의 혁명은 결코 주도권을 쥘 수 없어. 달아나고 숨어서 테러에 가까운 행동을 반복해서는 결코 혁명이 성공할 수 없어."

제시카는 반박할 수 없다는 듯이 제임스의 말에 아무런 말도 하지 못했다.

곧바로 한성에게 시선을 옮긴 제임스가 말했다.

"그리고 무엇보다 직접 내 눈으로 확인하고 싶군. 인간의 절대자라는 저 사내를 말이야."

이미 한성의 실력은 보고를 통해 올라갔고 벌써부터 인간의 절대자라는 말까지 나오고 있는 상황이었다.

'보고에 따르면 미래를 보는 듯 한 눈, 그리고 믿기지 않는 스킬들을 가지고 있다고 한다. 과연 이 자는 인류 미래에 구원의 빛이 되어 줄 것인가?'

미국 혁명단 모두의 시선이 한성에게 쏟아지는 가운데 한성이 말했다.

"던전으로 들어간다. 상대는 아직 준비를 하지 못하고 있을 거다. 던전 안에 입장하는 순간 곧바로 코어 까지 내달린다."

12개의 입구가 보이는 가운데 제임스가 물었다.

"어느 쪽?"

출입구는 달랐지만 결국 코어로 이어지는 것은 어디로 들어가나 마찬가지였다.

다만 포돌스키가 지휘하는 12 지역구를 비롯하여 가장 강한 지역구인 미국, 중국 쪽은 상대적으로 힘들 것이 분명했다.

"8지역구 쪽으로!"

한성은 가장 약한 쪽이 8지역구라는 사실을 알고 있었다.

곧바로 혁명단은 8지역구의 던전으로 입장하기 시작했다.

8지역구의 출발 지점이 보이는 순간이었다.

8지역구 시작 지점에도 수비병들은 있었지만 이들은 아직 혁명단을 알아보지도 못하고 있었다.

"우와아아! 너희들 뭐야?"

"뭐? 뭐야?"

던전 입구쪽에 있던 수비병들의 눈이 커졌다.

이렇게 까지 대규모의 헌터들이 나타났다는 사실에 이들은 어찌 할 바 조차 모르고 있었다.

누가 먼저라 할 것도 없이 공격이 쏟아져 왔다.

전혀 대비하지 못하고 있는 상황에서 혁명단의 최상위 실력자들이 쏟아내는 공격을 이들이 막아낼 수는 없었다.

콰과과광!

순식간에 게임 속 캐릭터가 삭제되는 것처럼 수비병들이 사라졌다.

한성의 예상대로였다.

대혁명이 일어났다는 사실에 포돌스키 같은 최고위 관리자들은 총 본부로 소환된 상황이었고 갑작스러운 절대자의 비밀에 던전에 있는 헌터들 역시 당황한 기색을 보이고 있었다.

지금이 코어를 점령할 수 있는 절호의 기회였다.

던전 시작 지점 쪽의 상황이 정리된 가운데 한성이 말했다.

"시간이 생명이다. 속공을 레벨 4에 맞추고 코어로 돌진한다! 만일 가는 도중 부상을 입거나 추격을 당한다면 각 스테이지 시작 지점에 있는 아티팩트를 이용해 탈출하도록."

한성이 선두에서 섰고 양 옆으로 산도발 그리고 제임스가 함께 속도를 내기 시작했다.

곧바로 혁명단원들은 코어를 향해 질주하기 시작했다.

이미 클리어가 되어 있는 스테이지 탓에 좀비, 해골병사 같은 로머들은 더 이상 등장하지 않고 있었다.

몇몇 노가다를 하는 인력들이 보이고 있는 가운데 아직 밖에서 대혁명이 일어났다는 사실조차 모르고 있는 헌터들은 멍 한 표정을 지으며 달려가고 있는 혁명단을 바라볼 뿐이었다.

"쓸데없는 살인은 하지 않는다! 속도에만 집중하도록!"

순식간에 한성 일행은 파이널 라운드에 도착했고 얼마 지나지 않아 병사의 외침이 울려 퍼졌다.

"코어 보입니다!"

아무리 긴급한 상황이라 하더라도 코어의 중요성만큼은 알고 있다는 듯이 코어의 입구 쪽에는 상당한 병력들이 보이고 있었다.

"힘을 아껴야 하니까 길을 열어 주지."

제임스가 소리쳤다.

"피터! 루이스! 병력을 이끌고 앞으로!"

제임스의 외침에 몇몇 단원들이 속도를 높이며 앞으로 튀어 나갔다.

순식간에 거리를 벌리며 뛰쳐나간 이들이 스킬을 발산하는 순간이었다.

관리자라 하더라도 전혀 손색없을 정도로 거대한 마나의 기운이 뻗어나가기 시작했다.

상대를 압도할 만한 실력에 순식간에 벽처럼 앞을 막았던 수비병들은 사라지고 있었다.

막혔던 길이 열리고 있는 가운데 한성은 이들의 실력을 살펴보고 있었다.

'전원 55레벨 이상은 되어 보인다. 스킬 역시 상당히 갖추고 있으니 과연 미국 혁명단의 정예라 할 만 하군.'

순식간에 길은 열려 버렸고 혁명단들은 시체로 바뀌어버린 수비병들을 뒤로 한 채 달려나가고 있었다.

코어에서 빛이 번쩍이며 수비병들이 연이어 튀어 나오고 있었다.

"지원병 옵니다!"

"후방! 추격병 오고 있습니다!"

양쪽으로 포위되어 지고 있는 상황이었다.

"연락이 간 모양이군."

앞쪽의 수비병들이 무너지고 있는 가운데 뒤쪽에서 또 다른 수비병들이 지원을 오고 있었다.

코어를 통해서 밖으로 나오고 있는 이들은 다른 지역구의 병사들인 것처럼 착용하고 있는 복장은 달랐는데 앞쪽에 거대 방패를 든 수비병들 뒤쪽으로는 창을 든 병사들이 따라오고 있었다.

다만 아까 아무 생각 없이 달려 나갔던 수비병들과는 다르데 지금 전방에 나타난 수비병들은 철저하게 수비 대형을 갖추며 코어 앞에서 멈추어 선 채로 굳게 수비에 집중을 하고 있었다.

제임스가 고개를 갸웃거리며 말했다.

"이건 조금 시간이 걸릴 것 같군. 이대로라면 양쪽에 막히게 된다."

산도발이 말했다.

"어떻게 할까? 내가 뒤를 맡을까?"

한성이 말했다.

"그대로 돌진."

짧게 중얼거리듯이 말한 한성은 앞으로 튀어 나갔다.

어느새 한성의 손에는 검과 창이 들려 있었다.

양 손에 들고 있는 검과 창에는 마나의 기운이 휘몰아치고 있었는데 제임스의 시선은 한성의 검으로 향하고 있었다.

현존하는 최강의 검이라는 전설 등급의 유니크 검이 마나의 기운을 휘몰아치고 있었다.

한성이 미국 혁명단의 실력을 알아보고 있는 것처럼 제임스 역시 한성의 실력을 살펴보고 있는 상황이었다.

'저 검인가?'

자신조차 가지고 있지 못한 전설 등급의 검이 한성의 손에서 번쩍이고 있었다.

산도발이 역시 한성의 검을 바라보며 생각했다.

'검의 위력은 본 적이 있다. 하지만 상대에 닿기 전에 공격이 쏟아질 텐데?'

산도발의 예상 대로였다.

방패병이 자리를 잡는 순간 뒤쪽에서 몸을 숨기고 있던 병사들의 공격이 튀어 나오기 시작했다.

모든 마나의 기운들은 가장 선두에 선 한성에게 쏟아져 오고 있었다.

'무슨 생각이지?'

'방패는 꺼내지도 않고 있다.'

수비병뿐만 아니라 혁명단 모두의 시선이 한성에게 향하고 있었다.

"어엇?"

"저건? 마나 써클? 아니 다르다!"

지금 실력을 발휘하고 있는 것은 검이 아니라 창이었다.

한성은 마나의 기운이 휘몰아치고 있는 자신의 창을 허공에서 흔들었다.

촤아아아아아!

커다란 원을 그리듯이 움직인 한성의 창으로 쏟아져 오는 모든 마나의 기운들이 흡수 되듯이 모여들고 있었다.

과거 대만의 관리자가 사용하던 스킬과 비슷한 원리 이었는데 한성은 무기로 상대의 마나의 기운을 흡수하고 있었다.

원래 이 스킬은 상대의 레벨과 스킬이 자신 보다 몇 단계 아래에 있을 때만 가능한 스킬이었는데 지금 수비병 중에 한성을 위협할 만한 수비병은 없었다.

공격을 퍼부은 수비병들의 얼굴에 놀란 기색이 역력해졌다.

"어어엇!"

약속이나 한 듯이 마나의 기운은 모두 다 한성의 창 끝으로 빨려들어가고 있었고 마나의 기운이 모여 들수록 창끝의 기운은 더욱더 강해지고 있었다.

한성의 창이 허공에서 큰 원을 그리는 순간이었다.

지금까지 흡수했던 모든 마나의 기운을 한 번에 토해 버린 다는 듯이 마나의 기운이 번쩍였다.

좌아아아아!

쌓인 거대한 눈덩이가 날아간다는 듯이 하나의 거대한 마나구가 수비병의 머리 위로 떨어져왔다.

콰과과과광!

순식간에 방패병들은 사라져 버렸고 후방에 숨어 있는 자들의 모습이 눈에 들어왔다.

낯이 익는 얼굴이었다.

과거 대한민국의 총사령관 윤성호였다.

"지원! 지원병은 어떻게 된 거냐?"

얼굴에 당황함이 가득한 윤성호가 지원병을 찾고 있을 그때였다.

앞쪽의 수비병들이 사라진 순간 한성의 몸이 가까워지고 있었다.

"어, 어어어어!"

순식간에 나타난 한성의 모습에 입에서 당황한 비명이 새어 나오는 순간이었다.

촤아아아아앗!

한성의 검이 불을 뿜었다.

상급 등급의 무기를 막아낼 수 있다는 윤성호의 갑옷도 유니크 전설 등급의 검 앞에서는 무용지물이었다.

"커어어억!"

비명과 함께 윤성호의 몸은 조각나 버렸고 곧바로 한성은 코어 안으로 들어가 버렸다.

한성이 코어에 들어온 순간이었다.

파아아아앗!

기다렸다는 듯이 공격이 쏟아져 오기 시작했다.

상어 얼굴과 돌고래 얼굴, 그리고 늑대얼굴의 HNPC 세 마리가 동시에 한성을 노려보고 있었다.

한성은 주변을 살펴보았다.

다행인지 에솔릿은 보이지 않고 있었다.

HNPC중 상어 얼굴을 한 HNPC가 말했다.

"이곳이 어디라고 감히!"

뒤따라 들어온 산도발이 같이 들어온 제임스에게 말했다.

"한 사람이 한 마리씩 맡도록 하지. 난 물고기가 싫으니 늑대를 상대하지."

한성은 이미 상어 HNPC와 격투를 벌이고 있었고 산도발은 착용한 장갑에서 빛을 내며 늑대 HNPC에게 돌격하고 있었다.

제임스는 검을 빼들며 돌고래 머리를 한 HNPC를 겨누었다.

"내 몫은 저 놈이군."

동시에 세명의 리더들이 공격을 하는 가운데 세 사내는 누가 더 강한지 경쟁이라도 하듯이 최고의 스킬들을 뽐어내고 있었다.

제일 먼저 한성의 유니크 검이 상어 HNPC가 들고 있던 방패를 깨부수며 내리찍었으며 곧바로 산도발의 장갑에서 새어나온 두 개의 거대 마나 주먹이 늑대 HNPC의 머리를 내리찍었다.

순식간에 두 마리의 HNPC가 삭제되어 버렸고 마지막으로 제임스가 검을 휘둘렀다.

"이러면 나도 실력을 보여주지 않을 수 없잖아! 하아압!"

제임스의 검이 빠르게 움직이는 순간이었다.

눈에 보이지도 않을 정도로 빠른 속도로 뻗어간 검은 다섯 개의 마나 검날을 만들어내고 있었다.

과거 한성이 건틀릿에게 최후의 일격을 날렸을 때 사용한 스킬과 유사하기는 했지만 산도발은 움직임에 제한이 없다는 듯이 검을 뻗는 순간 마나의 불꽃이 이어지고 있었다.

퍼퍼벙!

온 몸에 구멍이 뚫리며 돌고래 HNPC는 그대로 몸이 뚫어져 버렸다.

HNPC라는 말이 무색하게도 세 마리의 HNPC는 최상위 실력자 세명에 의해 빛과 함께 소멸되어 버렸다.

뒤따라 혁명단들이 들어오기도 전에 이미 상황은 종료되어 버렸다.

남아 있던 대여섯 명의 수비병들은 어쩔 줄 모르고 있었다.

혁명단원들이 계속해서 들어오는 가운데 그 누구도 도와주러 나타나지 않았으니 이들은 당장이라도 죽는 것이 아닌지 부들부들 떨고 있었다.

한성이 말했다.

"쓸데없이 죽고 싶지는 않다. 밖으로 나가서 지금 추격하고 있는 자들에게 우리의 실력을 전해라. 또한 한명이라도 들어올 경우 모든 코어를 꺼 버리겠다는 말도 전해 주도록!"

한성의 말에 수비병들은 달아나듯이 밖으로 나가 버렸다.

곧바로 모두의 시선은 빛나고 있는 열두 개의 타워로 향했다.

과거 드래곤이 있던 곳에는 시계 모양으로 열 두 개의 거대 타워가 솟구쳐 있었는데 그 끝에는 코어가 찬란하기 빛을 발산하고 있었다.

한성이 말했다.

"11시, 12시 그리고 1시 방향 세 개를 꺼버린다!"

"너무 아까운데? 그러면 세 방향의 자원을 사용할 수 없다는 것 아닌가?"

산도발의 물음에 한성이 답했다.

"우리가 얼마나 대단한 무기를 쥐고 있다는 것을 알려줘야해."

곧바로 제임스는 지시를 내렸고 코어의 불이 꺼지며 순식간에 월드 던전의 1/4이 사라져 버렸다.

제임스가 한성에게 손을 내밀며 말했다.

"과연 인간의 절대자! 소문보다 더 대단하군!"

한성은 제임스의 손을 잡았다.

이번만큼은 성공할 수 있다는 생각이 강하게 밀려들고 있었다.

❖

절대자가 등장한 이후로 평화만이 가득했던 세계는 다시 큰 혼돈에 빠져 버렸다.

전 세계 국민들이 경악하고 있는 이유는 새크라맨토의 사건도 혁명단의 던전 점거도 아니었다.

지금까지 세상을 구원해 줄 신이라 믿었던 절대자가 뒤쪽에서 추악한 일을 하고 있다는 것은 그 누구도 믿을 수 없는 일이었다.

국민들의 동요는 관리자들 역시 당황하지 않을 수 없었다.

혁명단이 코어를 점령했다는 사실 보다도 전 세계의 국민들이 일어나고 있다는 사실에 더욱더 신경을 쓰고 있다는 듯이 더 이상 혁명단에 대한 공격은 일체 없었다.

전 세계 국민들은 흥분한 상태로 혁명단에 가입하겠다는 쪽과 냉정함을 가지고 조금 더 지켜보겠다는 입장으로 갈리고 있었다.

지난 며칠 동안 그 어느 국가의 관리자도 공식적인 입장을 내놓지는 못하고 있었다.

월드던전의 핵심 장소인 코어를 점령한 제임스는 코어를 가장 신임할 수 있는 자들로 채워 두었다.

한성이 계획한대로 나머지 코어들을 모두 다 꺼 버린다는 협박은 크게 통했다.

월드 던전을 통째로 날려버릴 수 있다는 사실은 코어를 점령하고 있는 혁명단을 향해 관리자들은 전혀 손을 쓰지 못하고 있었다.

혁명단이 점령하고 있는 던전 중 가장 상층인 미국 던전 30층 역시 인원수가 가득 차 있었으니 관리자 입장에서는 어쩔 도리가 없었고 혁명의 시작은 혁명단의 의도대로 풀려가고 있는 것처럼 보이고 있었다.

도쿄.

한성은 대한민국 혁명단과 함께 도쿄로 온 상황이었다.

모두의 시선은 TV 앞으로 향하고 있었다.

민석이가 말했다.

"시작한다!"

혁명단은 모두 다 전 세계 곳곳으로 떨어져 있는 상황이었지만 모든 이들의 시선은 TV로 향하고 있었다.

오늘은 전 세계적으로 대혁명에 대한 관리자의 공식 발표가 있는 날이었다.

일본은 대한민국과 함께 12지역구에 속해 있었고 12지역구의 사도 마승지가 TV에 모습을 드러내고 있었다.

사죄를 하 듯이 머리를 숙인 마승지는 짧게 사과문을 발표 했다.

다잉캡슐에 대해서는 사과를 했고 지금 부터는 본인이 동의한 자들만 에너지로 전환을 하기로 규정을 바꾸었다.

베이비 박스는 철저하게 금하기로 했으며 마지막으로 가장 치명적인 모체의 납치는 남미와 아프리카의 일부 관리자들의 단독된 범죄로 선을 그었다.

철저하게 절대자와는 아무 상관이 없다는 듯이 선을 그었으며 남미와 아프리카의 책임자를 사형 시켰으며 각 지역구의 사도 역시 물러나는 것으로 발표 했다.

물론 거짓이라는 것을 한성은 알고 있었다.

마승지의 목소리가 들려왔다.

"오해가 있는 부분은 바로 잡으려 합니다. 이것은 철저하게 자칭 혁명단이라 하는 테러리스트들의 계획입니다. 이들이 코어를 점령한 탓에 월드 던전의 자원은 상당수 날아가 버렸습니다. 주식 시장은 테러리스트들의 사태 이후로 침체를 거듭하고 있고 자칫하다가는 대공황이 올지 모르는 사태로 까지 진전되고 있습니다. 이게 다 누구의 잘못입니까? 여러분들 생각해 보십시오. 누구의 행동으로 인해 세상이 하루아침에 천국에서 지옥으로 바뀌게 되었습니까?"

마치 모든 피해는 혁명단으로부터 이루어진 것처럼 묘사되고 있었으며 잘못의 원인을 혁명단에게 향하게 하려는 의도가 강하게 느껴져 오고 있었다.

이 전략은 주효했다.

지금이야 국민들 개개인에 피해가 가지 않았으니 혁명단을 응원하는 목소리가 있었지만 시간이 흐르고 조금씩 피해가 생겨날 때 마다 혁명단의 지지는 떨어지고 있었다.

각 지역구 대표 사도들의 연설이 끝나고 각 나라의 관리자들이 연설을 이어 하기 시작했다.

일본의 관리자인 아베가 나오는 순간 민석이가 말했다.

"한국 쪽 채널로 돌려봐."

곧바로 화면이 바뀌었다.

대한민국의 관리자 포돌스키 역시 발표를 하고 있었다.

"대단히 죄송합니다. 테러리스트들 때문에 던전이 막혀버렸고 국가의 수입이 크게 줄어들게 되었습니다. 여러분들에게 지급하기로 한 금액은 어쩔 수 없이 부족분을 충당하기 위해 지급할 수 없게 되었습니다. 기대를 하고 계셨던 여러분들에게 대단히 죄송하다는 말씀밖에 드릴 말씀이 없습니다. 사실 더 큰 문제가 남아 있습니다. 테러리스트들이 던전을 점령해 버렸기 때문에 상급 정수 공급에 큰 차질이 생겨 버렸습니다. 이 시간에도 수 많은 생명들이 사라진다는 것에 분노를 금할 수 없습니다."

마치 자신들이 피해자인 냥 말하고 있었고 국민들의 머릿속에는 피해를 입고 있다는 생각이 심어지고 있었다.

포돌스키는 굳은 어조로 말했다.

"이 모든 죄악의 원흉인 테러리스트와의 전쟁을 선포합니다. 세계 평화를 흔들고 분란을 야기 시키는 테러리스트들에게 자비와 협상은 없습니다. 국민 여러분들의 많은 제보 부탁드립니다."

곧바로 TV에서는 확보한 혁명단의 얼굴이 떠오르기 시작했다.

한성의 얼굴은 물론이고 지수와 민석이 뿐만 아니라 대한민국의 모든 혁명단 얼굴들이 공개 수배되어 있었다.

자신의 얼굴을 본 민석이가 말했다.

"저는 포상금이 300억으로 올랐네요. 뭐 3000천억이 걸린 분에 비하면 새발에 피지만."

한성에게 1000억이 걸렸던 현상금은 어느새 3000억으로 뛰어 올라 있었다.

철호가 도끼를 만지작거리며 말했다.

"정부에서는 의도적으로 보여주지 않고 있지만 시위는 계속 일어나고 있어. 방송은 통제하고 축소해서 보고하고 있지만 인터넷에 올라온 영상들을 보면 뉴욕에서만 100만명, 서울에서 70만명이 시위에 참여했다고 해. 시위하는 거 싫어하는 도쿄에서도 50만명이 집결했다고 하니 반응이 나쁜 건 아니야."

관리자들의 반응에 혁명단도 가만히 있지는 않았다.

제임스는 인터넷을 통해 반박하는 영상들과 증거 영상들을 올렸고 혼란은 끝도 없이 지속되고 있었다.

과거 이 시점 세상은 혁명단의 손을 들어주는 것처럼 보이고 있었다.

세상 곳곳에서 절대자를 비난하는 목소리가 울려 퍼지고 있었으니 혁명단들 역시 자신들의 혁명이 성공한 것처럼 보이고 있었지만 이것이 오래 가지 못한다는 사실을 한성은 알고 있었다.

'서둘러야 한다.'

❖

그날 밤.

한성은 자신과 함께 한 혁명단원들을 소집 시켰다.

"준비해라. 전원 자신이 가지고 있는 최고의 무기에 어울리는 효과를 가지고 있는 무기들을 준비하도록."

한성 뿐만 아니라 혁명단들의 무기 역시 상향되어 있는 상황이었는데 뜻밖에도 한성은 주무기 뿐만 아니라 특수효과 까지 있는 무기를 준비하라고 하고 있었다.

"이 밤중에 전투라도 하러 가는 겁니까?"

던전은 더 이상 들어갈 수 없었고 제임스에게서는 아직 특별한 지령이 떨어지지 않은 상황이었다.

"무기 조합을 하러 간다."

"조합이라고요?"

아직까지 무기를 조합할 수 있다는 사실을 알고 있는 자들은 극 소수였다.

그도 그럴 것이 무기의 조합을 하기 위해서는 조합 아이템이 필요했는데 그 아이템은 월드 던전 또는 던전 30층 이상에서 극소수로 떨어지는 아이템이었다.

한성은 인벤토리에서 아이템을 꺼내 보였다.

그 동안 혁명단이 입수한 것은 아이템만이 아니었다.

〈조합의 열매〉

설명: 무기의 명인이 무기 조합시 사용하는 열매.

특징: 사용하는 무기에 다른 무기의 특수효과를 적용시
킵니다. 특수효과가 적용된 무기는 파괴됩니다.

조합 시스템은 말 그대로 두 개의 무기를 하나로 합치는
것을 의미했다.

이럴 경우 공격력이 강해지는 것은 물론이고 무엇보다
합쳐진 무기의 특수 효과가 합쳐진다는 큰 장점이 있었다.

한성이 말했다.

"지금 당장 외형 변화 스킬을 사용해서 움직인다."

곧바로 한성은 스킬북을 나누어주었다.

〈외형 변화 레벨 I〉

설명: 10시간 동안 모습을 바꿉니다. 1회용 스킬.

특징: 약간 더 늙어 보이게 모습을 바꿉니다. 신체 능력
에는 전혀 변화가 없습니다.

에솔릿이 사용한 변신 스킬처럼 완전히 외형을 바꿀 수
는 있었지만 외형 변화 스킬만으로도 지금의 모습을 감출

수는 있었다.

스킬을 사용하자 곧바로 혁명단들의 모습은 바뀌기 시작했다.

한성은 오십대 중년의 사내로 모습이 바뀌었고 다른 혁명단들 역시 10년 이상 늙어 보이는 외모로 바뀌었다.

"가자."

도쿄의 허름한 구석.

한성이 일본으로 온 이유가 이곳에 있었다.

허름해 보이는 가게들이 연이어 줄 지어 있었다.

이곳은 헌터들의 무기 용품을 판매하는 곳 이었는데 대부분 싸구려 아이템을 파는 곳이었다.

이런 곳에 무기의 명인이 있을 거라고는 생각할 수 없었는데 한성을 믿고 있다는 듯이 민석이는 중얼거렸다.

"원래 고수는 허름한 곳에 있으니까."

"이곳에서 대기하도록!"

한성은 이내 홀로 한 작은 가게 안으로 들어갔다.

가게 안은 한산했는데 상당히 작은 체구의 사내가 허리를 굽히며 말했다.

"죄송합니다. 정부에게서 지시가 내려왔습니다. 당분간은 그 누구에게도 무기나 방어구를 판매 할 수 없습니다."

겉으로 보아서는 전혀 특이할 것이 보이지 않고 있었지만 이 자가 바로 백호의 검을 만든 사내였다.

한성이 말했다.

"하야시. 아니 김주환이라는 이름이 더 어울릴 지도?"

잠시 멈칫 거렸던 주환이 중얼거렸다.

"오랜만에 들어 보는 이름이군요."

원래 이 무기의 명인은 재일교포 이었는데 무기 만드는 데 에 일가견이 있었다. 헌터 용품의 가격은 천문학적인 금액이었고 그에 따라 무기를 만드는 명인들 역시 상당히 고소득을 높였다.

김주환 역시 과거 국가에 소속되었는데 그의 아들이 생존도로 끌려간 이후 더 이상 국가를 위해 무기를 만들지 않은 자였다.

훗날 이 자는 혁명단에 동참하고 수많은 무기들을 만들어 준 인물이었다.

그리고 바로 이 자가 백호의 검을 만든 인물이었다.

한성은 곧바로 용무를 말했다.

"검의 조합이 필요하다."

"미안하지만 나는 아무에게나 무기를 만들어 주지 않습니다. 국가에서 금하지 않는다 하더라도 무기는 더 이상 만들지 않습니다."

한성은 대꾸 대신 묵묵히 백호의 검을 꺼내어 보였다.

검의 손잡이만 남은 백호의 검을 본 주환이 말했다.

"좋은 검이었는데 완전히 부서져 버렸군요."

주환이 부러진 검을 매만지며 말했다.

"검이 이렇게 망가졌다는 것은 검의 주인은……."

"죽었소."

주환은 담담하게 고개를 끄덕였다.

한성이 말했다.

"절대자를 쓰러뜨릴 검이 필요하다. 당신 아들의 원혼을 달래줄 수 있는 검을 만들어 다오."

놀랍게도 한성은 자신의 정체를 밝히고 있었다.

곧바로 한성은 샌디에고에서 획득한 유니크 전설 검을 내보였다.

"이 검에 백호의 검 확장 스킬을 조합해 다오."

검을 부리졌지만 확장 스킬은 아직 남아 있었다.

한성은 자신의 유니크 전설 검에 백호의 검이 가지고 있는 확장 스킬을 더할 생각이었다.

한성이 내민 검을 바라보자 주환의 눈이 커졌다.

무기의 명인이라는 자신 조차 본 적이 없는 무기였다.

"들어올 때부터 어느 정도 예상은 했지만 이거 내 상상을 초월하는 인물이 온 것 같군요."

"우리에게 힘을 보태어 주도록!"

주환은 한성을 바라보았다.

원래 한성은 검의 조합 보다는 주환이라는 무기 명인을 영입하려는 데에 목적이 있었다.

"지금 당장 던전으로 가서 절대자를 쓰러뜨릴 수 천 아니 수만 개의 검을 만들어 주도록!"

주환은 한성을 바라보았다.

마음속에서 간직하고 있었던 자신의 마지막 불꽃이 타오르는 것이 느껴져 오고 있었다.

7. 생존도 Revenge

회귀의 절대자

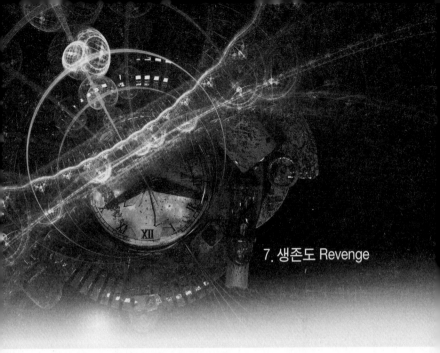

7. 생존도 Revenge

무기명인 주환이 혁명단에 합류한 후 며칠 후.

제임스의 지령을 받은 제시카가 한성을 찾아왔다.

제시카는 동영상이 담긴 USB 하나를 가지고 왔는데 모두의 시선은 동영상으로 향하고 있었다.

동영상 속에서는 뜻밖에도 일본인 사내가 모습을 드러내고 있었다.

제시카가 말했다.

"하세가와라는 인물입니다. 일본 혁명단에 속해 있던 인물이고 처음 월드 던전 3단계가 열렸을 때 그 곳에 참가했던 일본 헌터 중 한명입니다."

포돌스키의 계략에 의해 대부분의 12지역구 혁명단은

죽음을 맞이하였지만 몇몇 나서지 않은 자들은 살아 돌아간 자들이 있었다.

물론 이것 역시 포돌스키가 자신의 무서움을 혁명단에게 전하려는 의도였는데 어찌되었던 하세가와라는 인물은 동료들을 내팽겨 치고 달아난 인물이었다.

100억이라는 포상금과 던전의 수입까지 이어졌으니 동료들의 죽음에도 불구하고 모른 척 한 당사자는 지금 부귀영화를 누리고 있을 것이 분명했다.

다만 지금 동영상 속의 사내는 결코 행복해 보이지 않고 있었다.

두 손으로 머리를 잡은 채 괴로운 표정을 짓고 있는 하세가와가 보이고 있었다.

"괴로웠어요. 남들은 거액의 돈을 가지고 호화스럽게 산다고 하지만 밤마다 죽은 동료들이 저를 붙잡는 것 같았어요. 그때로 돌아갈 수 있다면 차라리 동료들과 함께 죽어버리고 싶어요."

눈물을 흘리며 괴로워하는 모습에 철호와 민석이는 내키지 않는다는 듯이 중얼거렸다.

"뭐야? 배신해 놓은 다음에 이런 고백을 하는 건?"

"수상한데?"

한성은 담담히 물었다.

"그래서 용건은?"

제시카가 말했다.

"며칠 전 일본 혁명단을 통해 이 내용이 전달되어 왔습니다. 이 자가 준 정보에 따르면 지금 일본이 점유하고 있는 던전 중 최상위 층인 28층에 있는 헌터들 중 상당수가 우리 쪽으로 오고 싶다고 하더군요."

혁명이 일어난 후에 동요하는 자들은 일반 시민들뿐이 아니었다.

관리자의 밑에 있던 헌터들 중에는 상당수가 동요하고 있었고 최상층의 관리자에서는 아직 없었지만 하위 관리직에 있는 자들 중에는 더 이상 절대자를 위해 일하지 않겠다고 선언하는 자들도 속출하고 있었다.

절대자는 이런 상황에서도 모습을 드러내지 않고 있었고 이건 더욱더 관리자들을 궁지로 몰고 있었다. 혹자는 절대자의 존재 자체를 의심하고 있었고 소문은 꼬리에 꼬리를 물고 더욱더 확산되어지고 있었다. 헌터들 역시 흔들리는 것은 당연했고 이제 관리자들 내부에서도 배신자들이 나오기 시작한 상황이었다.

한성이 대답하기도 전에 철호가 물었다.

"그걸 어떻게 믿나? 한번 배신한 놈은 또 배신한다고!"

제시카는 철호는 보이지도 않는 다는 듯이 한성을 응시하며 말했다.

"아시다피시 던전 28층의 정원은 210명입니다. 하세가와랑 내통하고 있는 헌터들 30명이 시간을 정해 놓고 동시에 공격을 한다고 합니다. 내부의 헌터들이 죽는 순간

꽉 차 있는 던전의 자리가 비어지게 되는 거지요. 하세가 와의 말에 따르면 아티팩트에 미리 연결을 해 둘 거라고 합니다. 자리가 비는 순간 우리가 만든 아티팩트에서 던전에 입장해 버리면 곧바로 점령이 가능하다는 계획입니다."

혁명단이 인원수를 채우며 던전을 점령하고 있는 것처럼 국가에서도 던전에 헌터들을 가득 채워 둔 상황이었다.

던전의 인원수가 가득 찰 경우 국가에서 혁명단이 점령하고 있는 던전 안으로 들어올 수 없는 것처럼 혁명단 역시 국가가 소유하고 있는 던전 안으로 입장하는 것조차 불가능했다.

한성은 담담히 말했다.

"그래서 우리에게 저 자가 마련해 준 던전으로 들어가라는 말인가? 사양하겠다."

단번에 거절을 한 한성이 말을이었다.

"30명이 기습에 성공해서 60명의 혁명단이 들어간다 하더라도 남아 있는 자들이 무려 100명이 넘는다. 더구나 이 모든 것이 함정일 수 있다. 함정을 파 놓고 기다린 다면 당하게 된다."

제시카가 말했다.

"아닙니다. 이번 던전 공략은 하세가와를 비롯한 일본 혁명단들만으로 한다고 합니다. 여러분들은 던전에 관해서는 일체 관련을 하지 않습니다."

"자신들이 증명해 보인다는 거로군."

고개를 끄덕인 제시카가 말했다.

"여러분들에게 부탁드리고 싶은 것은 아티팩트의 설치와 보호입니다. 일본 혁명단이 던전으로 갈 아티팩트의 경호를 부탁드릴 뿐입니다."

❖

며칠 후.

대마도 근처의 외딴 섬에는 혁명단이 만들어 놓은 아티팩트가 설치되고 있었다.

이런 외딴 곳에 아티팩트가 설치될 거라는 것은 누구도 상상하지 못한 일이었지만 한성은 혹시나 있을지 모르는 사태에 대비해서 사방을 살펴보고 있었다.

"만일의 사태가 일어나면 아티팩트를 이용해 던전 30층으로 빠져 나간다."

한성은 아직까지 일본 혁명단을 믿지 못하고 있었는데 다행스럽게도 아티팩트가 완성될 때 까지 아무런 일도 일어나지 않았다.

아티팩트를 설치한 혁명단원이 외쳤다.

"일본 던전 29층과 연결된 것 확인했습니다!"

일본도를 든 헌터들을 필두로 상당수의 헌터들이 아티팩트 앞에서 준비를 하고 있었다.

하나 같이 전원 일본 혁명단이었다.

시계를 바라보고 있던 제시카가 말했다.

"시간 되었습니다."

지금 이 순간 던전 안에서는 전투가 시작될 것이 분명했고 곧바로 아티팩트에서 마나의 물결이 일어나는 것과 동시에 일본 혁명단들은 던전으로 사라져 갔다.

모두의 예상과는 다르게 던전 점령은 성공적으로 이루어져 버렸다.

일본이 점유하고 있던 던전 29층은 순식간에 혁명단에 넘어가 버리게 되었고 혁명단은 12 지역구에 새로운 던전 하나를 추가로 얻을 수 있게 되었다.

12지역구뿐만이 아니었다.

전 세계 곳곳에서 혁명의 불꽃은 일어났고 관리자들의 수습에도 불구하고 그 불꽃은 끝없이 이어지고 있었다.

자신의 행동 탓인지 회귀전과 상당히 다르게 진행되고 있었다.

원래 회귀전 혁명단은 월드 던전의 코어를 획득하지도 못했을 뿐 아니라 점유한 던전 역시 지금처럼 많지도 않았다.

자신이 일으킨 나비효과 덕분에 혁명단의 위세가 회귀전과는 비교할 수 없을 정도로 높아진 것은 사실이었지만 마음만큼 편하지는 않았다.

생존도에서처럼 나비 효과는 또 다른 나비효과를 불러일으킬지 몰랐다.

❖

한 달 후.

한성은 제임스가 있는 코어로 와 있는 상황이었다.

코어를 점령한 혁명단은 관리자와 협상을 맺었는데 그것
은 바로 꺼지지 않은 9개의 월드 던전 지역중에 3개의 소유
권을 혁명단이 보유하는 내용이었다.

겉으로는 테러리스트와 일체의 협상도 없다는 발표가 있
었지만 이면으로는 어느새 혁명단과의 거래가 진행되어졌
다.

현재 한성 같은 고레벨의 혁명단이 레벨을 올릴 수 있는
곳은 이곳 밖에 없었다.

몬스터가 쓰러지는 가운데 한성의 귓속으로는 기계음이
울려 퍼졌다.

[레벨업! 레벨업! 레벨 60! 레벨60!]

이제 현 상황에서 올릴 수 있는 최대 레벨인 레벨 60을
달성하였다.

월드 던전 4단계가 열리기 전 까지는 더 이상 레벨을 올
릴 수 없었는데 이 말은 각국의 관리자라 하더라도 레벨
60을 초과 할 수는 없다는 것을 의미했다.

레벨 60을 달성한 한성이 코어 핵심부로 돌아오자 무기
명인 주환이 기다리고 있었다.

주환이 말했다.

"강화와 조합 모두 다 끝냈습니다. 최강의 검인 만큼 강화에도 상당한 상급 강화석이 소모 되더군요."

한성은 새롭게 탄생된 자신의 무기를 바라보았다.

〈합성된 웹폰 브레이커. Unified Weapon Breaker〉

등급: 유니크 전설 +10

공격력: 990-1090 [+200]

설명: 영웅등급의 해머 보다 강한 파괴력을 가진 전설등급의 유니크 검. 레벨 60이상 사용가능.

특수효과: 전설 등급 아래에 있는 모든 하위의 아이템을 파괴시킴. 면역 쉴드 파괴 효과. 확장 스킬 추가.

과거에 비해 기본 공격력이 100정도 올랐고 강화에 의해 추가로 200의 공격력이 상향되어 있었다.

무엇보다 달라진 것은 특수효과에 확장 스킬이 적용되어 있었다.

주환이 말했다.

"현 시점에서 이 보다 더 좋은 검은 존재하지 않습니다. 무기를 만드는 자로 이런 명검을 조합 시킬 수 있는 기회를 주셔서 감사합니다."

그때였다.

총대장 제임스가 모습을 나타냈다.

"회의다. 중대 발표가 있다."

한성이 회의장으로 들어가자 각 지역구 혁명단 리더들의 모습이 보였다.

과거부터 알고 있던 산도발 뿐만 아니라 처음 보는 자들 역시 보이고 있었다.

혁명단의 규모가 커지는 것처럼 유럽과 아프리카의 혁명단 리더들 까지 힘을 합치고 있는 상황이었다.

제시카가 말했다.

"천상계에 있는 절대자의 탑을 보호하고 있는 결계를 풀 방법을 알아냈습니다."

제시카의 말에 주변이 술렁거렸다.

절대자의 탑 주변에는 거대한 배리어가 주변과 차단을 하고 있었는데 이 결계는 그 어떤 공격으로도 뚫을 수 없었다.

현재 혁명단이 단숨에 전력을 이끌고 절대자가 있는 천상계로 가지 못하는 이유가 이곳에 있었다.

그 어떤 강한 무기도로 결계는 뚫을 수 없었는데 한성은 최상급 정수를 이용해 배리어를 녹일 수 있다는 사실을 알고 있었다.

한번 녹은 배리어는 어찌된 일인지 다시 재생을 할 수 없었고 천문학적인 정수의 양이 필요한 탓에 시간이 걸리기는 했지만 결국 배리어를 뚫을 수 있다는 것은 혁명단으로는 절대자를 제거할 기회를 얻은 것이나 다름없었다.

마치 신처럼 접근 자체를 허락하지 않았던 절대자에게 다가갈 수 있다는 사실에 혁명단의 얼굴에는 환한 기쁨이 가득해지고 있었다.

회의가 모두 다 끝나고 제임스는 한성과 홀로 마주하고 있었다.

"혁명이 지금까지는 우리의 기대 이상으로 커지고 있는데 말이야. 아까 보았겠지만 저들 역시 절대자의 배리어를 뚫을 수 있다는 사실에 기쁨을 감추지 못하고 있잖아. 헌데 자네는 기뻐하는 기색이 전혀 보이지 않더군."

절대자에게 다가갈 수 있는 길이 열리기는 했지만 현 시점에서 절대자를 물리친다는 것은 상상도 할 수 없었다.

"아직 가야할 길이 멀다. 그리고 시간은 짧다."

"길이 멀다는 것은 동의하지만 시간이 짧다는 것에는 동의하기가 힘든데? 절대자를 쓰러뜨리는 것은 결코 하루 이틀에 이룰 수 없는 일이야. 혁명의 불꽃을 우리 후대에게라도 전해 이어지도록 해야지. 언젠가는 쓰러뜨릴 수 있도록."

한성이 물었다.

"불꽃이 식는다면?"

한성의 날카로운 물음에 제임스가 빙그레 웃으며 말했다.

"하하! 자네를 떠 보려 했는데 역시 자네는 정확하게 보고 있군."

곧바로 제임스는 말을이었다.

"사실 그 부분이 가장 걱정되는 부분이야. 아직까지 전 세계적으로 우리를 위해 주는 국민들이 있지만 시간이 갈수록 줄어들 것 같네. 결국 자네 말처럼 한시라도 빨리 끝내야 해. 던전을 점령하는 것만으로는 결코 절대자에게 다가갈 수가 없어."

한성이 말했다.

"다음 계획을 구상한 것 같군."

제임스는 고개를 끄덕이며 말했다.

"사도를 노리는 거다."

사도.

각 지역구의 총 대표.

전 세계에 단 12명 밖에 없는 인물들로 유일하게 절대자와 직접 대면을 한 인물들이었다.

실력을 알 수도 없었을 뿐 아니라 사도들은 다른 관리자들과는 다르게 천상계에 자리를 잡고 있었던 탓에 감히 암살을 시도할 생각조차 가질 수 없었다.

제임스가 말했다.

"천상계는 특유의 보호망 때문에 현재 갈 수는 없다. 허나. 지상에서 만난다면 얘기는 다르지."

이 순간 한성은 제임스의 의도를 읽었다.

지상에서 사도를 만날 수 있는 곳은 단 한곳 밖에 없었다.

바로 생존도.

한성 역시 12 지역구 사도인 마승지를 생존도에서 만난 적이 있었다.

일 년에 한번 씩 열리는 생존도는 혁명이 시작된 올해도 여지없이 열리게 되었다.

제임스가 말했다.

"일본 혁명단이 제공해 준 정보에 따르면 12 지역구의 사도 마승지는 올해도 어김없이 생존도를 방문한다고 하네. 그때가 유일한 기회일 지도 몰라. 위험을 감당해야 하지만 이건 절호의 기회가 될지 몰라. 12 지역구 사도를 암살하는 것은 자네에게 맡기겠네."

심장이 두근거렸다.

수많은 원혼들이 있는 곳.

자신이 회귀를 시작한 곳.

다시는 갈 일이 없을 것 같았던 생존도가 기다리고 있었다.

❖

한성은 홀로 생존도로 떠날 준비를 하고 있었다.

제시카가 외형변화 스킬북을 건네주며 말했다.

"가장 오랜 시간 지속되는 스킬북으로 가져왔습니다. 3일까지 가능합니다. 뭐 쿨 타임이 12시간이니 별 의미는 없지만 말이에요."

이번 목표는 사도 마승지의 암살.

과거처럼 생존도의 사투가 벌어지는 100일 동안 머물 일
은 없었다.

마승지는 생존도 첫날부터 여자들이 항복을 선언하는 일
주일 동안만 머물렀는데 즉 한성이 생존도에 최대로 머물
러 있는 시간은 일주일이라는 것을 의미했다.

제임스가 말했다.

"이번 임무에서도 일본 혁명단은 자신들이 주력으로 하
려 하더군. 생존도의 관리자들 중 상당수가 혁명단에 가입
하기를 원하고 있다고 해. 던전에서 공을 세운 것처럼 마승
지의 암살도 자신들만으로 하려고 하는 것처럼 보였는데
과거 던전에서 자네의 활약을 보았기 때문인지는 몰라도
우리 쪽에서는 자네의 도움을 요구했다네. 물론 나는 아직
일본 혁명단을 믿지 않아. 그 탓에 일단 자네만을 보내지만
생존도 근처에 산도발과 제시카 그리고 다른 혁명단을 대
기 시켜 놓을 예정이네. 이건 일본 혁명단은 전혀 모르는
사실이야."

한성은 제임스의 의도를 읽었다는 듯이 말했다.

"덫의 덫을 놓겠다는 것이군."

제임스가 고개를 끄덕이며 말했다.

"그렇다네. 만일 지금 암살 계획이 일본 혁명단이 거짓으
로 꾸민 일이라면 나는 그걸 역으로 이용할 생각이네. 지금

자네를 잡으려면 적어도 타 지역의 사도 또는 포돌스키 같은 관리자 급 까지 붙어야 할 게 분명해. 만일 이것이 함정이라면 관리자들 중에서도 가장 상급의 관리자들이 생존도에 모이게 되겠지? 이건 역으로 생각하면 기회야. 즉 겉으로는 마승지의 암살이 목표라고 하지만 실제는 마승지 뿐만 아니라 함정을 파고 기다리고 있는 타 지역 사도, 또는 관리자들까지 한방에 때려잡아 버리는 게 진짜 목표야. 물론 일본 혁명단이 진심으로 하고 있다면 마승지 암살로 끝날 테지만 말이야. 그래서 자네의 역할이 중요하다네."

물론 이 경우 가장 큰 위험을 짊어지게 되는 것은 한성이었다.

지수와 민석이가 자신을 바라보며 말했다.

"괜찮으시겠습니까? 혼자 가신다는 게 마음에 걸리네요."

"뭐 제 실력 가지고 할 소리는 아니지만 혼자 가신다는 게 꺼림직 하네요."

12 지역구의 사도를 암살하겠다는 것은 결코 조금의 실수도 용납지 않는 일이었다.

"아니, 오히려 혼자가 더 편하다."

철호가 도끼를 흔들며 말했다.

"마음에 들지 않군요. 3000억이라는 거액이 걸려 있는데 어떻게 일본 혁명단을 믿을 수 있겠어요? 아무리 그들이 던전을 점령해 보였다고 하더라도 이건 찜찜한데."

한성은 유니크 검을 내보이며 말했다.

"그들을 믿지 말고 나를 믿어."

레벨 59와 60은 단 한 개의 레벨 차이였지만 실제 실력에서는 상당한 차이가 있었다.

지금 한성은 60을 달성한 상황이었고 지금까지 사용하지 못했던 상당한 스킬들을 사용할 수 있었다.

한성은 만일의 사태에 대비한 대비책을 제임스와 상의했고 곧바로 일본으로 떠났다.

❖

생존도 각성의 의무가 시작되기 하루 전.

12지역구 관리자들은 모두 다 생존도로 모여 들고 있었다.

관리자나 각성의 의무를 지닌 플레이어가 아닌 이상 생존도에 들어갈 수 있는 유일한 방법은 경호원이 되는 방법밖에 없었다.

일본 혁명단은 서류를 위조 시켜 한성을 경호원으로 꾸몄고 지금 한성은 과거 생존도로 끌려갔을 때처럼 배 안에 있었다.

다만 과거 플레이어 시절에 참가했을 때와는 비교도 될 수 없을 정도로 화려한 유람선을 탑승 한 채 한성은 생존도로 향하고 있었다.

500명은 넘게 수용할 수 있는 거대한 배 안에는 경호원으로 보이는 자들을 비롯하여 관리자 제복을 입고 있는 자들이 가득 차 있었다.

외형 변화 스킬을 사용한 한성의 모습은 영락없이 경호원 모습으로 보이고 있었다.

관리자의 눈을 피하기 위해서인 듯이 일본 혁명단은 생존도로 향하는 배에 탑승할 수 있는 탑승권을 제공했을 뿐 아직까지 한성에게 접촉을 하지 않고 있었다.

갑판 위를 서성이고 있던 한성의 귀로 흐느끼는 소리가 들려왔다.

"흑흑흑! 이제 어떻게 해!"

"괜찮아. 괜찮아. 경호원들이 있잖아. 우린 살 수 있어."

바로 경호원을 고용한 생존도 플레이어들이었다.

일반 플레이어들은 쇠사슬에 묶인 채로 노예처럼 끌려갔지만 경호원을 고용할 수 있는 VVIP들은 달랐다.

비록 각성의 의무를 면제 할 수는 없었지만 시작부터 이들은 다른 이들과는 다르게 경호원과 함께 입장할 수 있는 특권이 있었다.

일반 생존도 플레이어들과는 비교조차 할 수 없는 상황이었지만 이들 역시 죽음에 대한 두려움은 떨쳐 버리지 못하고 있었다.

그때였다.

관리자임을 나타내는 제복을 입고 있는 사내 한명이 한성을 스쳐 지나가며 말했다.

"객실 302호실로."

얼핏 보면 그냥 지나쳐 가는 것처럼 보이고 있었지만 한성의 귀에는 똑똑히 메시지가 전해져 왔다.

한성이 사내가 말한 객실 안으로 들어가자 몇몇 사내들과 여자 한명이 기다리고 있었다.

리더로 보이는 자가 손을 내밀며 말했다.

"반갑습니다. 스즈키. 한국이름은 양철웅입니다."

양철웅이라는 이름을 듣는 순간 한성의 머릿속으로 스치고 지나가는 이름이 떠올랐다.

'일본 관리자.'

현재 일본 관리자는 아베였지만 훗날 일본의 관리자는 재일교포 출신인 양철웅이라는 자가 이어 받게 되었다.

불길한 기운이 들고 있었다.

'함정?'

회귀 전 절대자의 앞잡이가 된 사내가 지금 혁명단을 도와주고 있다고는 생각하기 힘들었다.

물론 아직까지는 의심만이 들 뿐이었고 철웅 혼자서 함정을 판 것인지 아니면 일본 혁명단 전체가 함정을 파고 있는 지는 아직 알 수 없었다.

'어찌 되었던 반가운 인물은 아니다.'

한성이 모르는 척 하고 있는 가운데 곧이어 양철웅은

경호원 복장을 하고 있는 일본 혁명단들을 하나씩 소개
시켜 주기 시작했다.

모든 혁명단의 소개가 끝나고 가장 마지막으로 남은 인
물은 유일한 여자였다.

철웅이 말했다.

"작전을 설명하기 전에 먼저 중요한 인물을 소개 시켜
드리겠습니다."

곧바로 철웅의 시선이 곁에 있던 미모의 아가씨로 향했다.

여자는 가볍게 인사를 했다.

"하루나라고 합니다."

하루나 라는 여자를 보는 순간 대충 이들이 어떤 계획을
세우고 있는지는 알 수 있었다.

'미인계.'

"생존도에 선출된 여자로 서류상으로는 갑부 집 딸로 되
어 있습니다. 물론 아직 각성자가 아닌 탓에 일체의 스킬을
사용할 수 없습니다."

철웅의 설명이 이어졌다.

"일단 생존도에서 각성이 시작되면 하루나를 보호해 주
십시오. 하루나 정도의 외모라면 분명 마승지가 선택할 겁
니다. 마승지에게서 선택을 받은 후에 여러분들은 생존도
밖으로 나오게 됩니다. 하루나에게는 위치 추적 스킬을 걸
어두었습니다. 레이다를 사용할 경우 그녀가 있는 곳 즉 마
승지가 있는 곳을 알 수 있을 겁니다. 그때 내부 혁명단들이

여러분들을 들여보내고 마승지를 제거할 계획입니다."

생존도에서 각성이 시작된 후 여자들에 한해서는 포기할 수 있는 권한이 있었다.

아무리 마승지가 생존도에 있다 하더라도 수 많은 부하들이 있는 가운데 그를 정면에서 암살할 수는 없었다.

결국 암살을 위해서는 틈을 노려야 하는데 그 틈을 만드는 역할을 하는 자가 바로 하루나였다.

"생존도가 시작되고 마승지는 여자들을 한 곳에 모아 데리고 놉니다. 마승지의 유희가 끝나게 되면 여자들은 모두 다 모체로서 이동되지요."

절대자는 모체로 병기를 획득하는 것과는 전혀 관계가 없다고 했지만 아직까지도 모체를 통한 병기 생산은 비밀리에 이어지고 있었다.

만일 일본 혁명단이 배신을 한 게 아니라면 계획은 성공할 가능성이 있어보였다.

❖

결전의 날.

모래사장.

회귀를 처음 한 지점에 한성은 돌아와 있었다.

다만 지금 한성의 다리에는 과거처럼 쇠사슬이 차여져 있지 않았다.

각성도 되기 전에 맨몸으로 주변을 살피고 있었던 그때와는 다르게 중무장을 한 채로 한성은 끌려오고 있는 플레이어들을 바라보고 있었다.

대혁명이 일어났음에도 불구하고 각성의 의무는 절대 양보하지 못한다는 듯이 올해도 여전히 랜덤으로 선출된 자들은 이곳 생존도로 끌려오고 있었다.

한성을 비롯한 다른 경호원들은 이미 다 세이프 타워가 나올 지점을 알고 있었고 미리 선점을 위해 고객들과 함께 대기를 하고 있는 상황이었다.

플레이어들은 덜덜 떨고 있었는데 혁명단 중 그 누구도 플레이어를 바라보는 자는 없었다.

'그때와 똑같다.'

교관들은 플레이어 앞에서 무언가를 외치고 있었고 과거처럼 똑같은 수만 명의 플레이어들이 모래사장을 가득 메우고 있었다.

다만 혁명이 일어난 후인 탓인지 교관들의 숫자와 실력자로 보이는 관리자들의 모습이 훨씬 더 많이 눈에 띄고 있었다.

그때였다.

한성의 곁에 있던 혁명단원이 속삭이듯 말했다.

"저기 온다!"

멀리 앞에서 마승지의 모습이 보이고 있었다.

대혁명이 일어났음에도 마승지는 자신의 실력을 믿고 있

다는 듯이 생존도에 직접 모습을 드러내고 있었다.

'왔다.'

일단 아직까지는 예상대로였다.

마승지는 올해도 변함없이 생존도의 시작을 알리러 온 상황이었고 지금 부터가 시작이었다.

과거와 똑같은 연설이 끝나고 각성을 알리는 소리와 함께 플레이어들의 몸에서 빛이 번쩍이기 시작했다.

한성의 시선은 모래사장으로 향했다.

기억처럼 샌드맨이 출현하기 시작했다.

한성이 있는 곳에서도 샌드맨이 모습을 드러냈지만 한성은 무기조차 꺼내지 않고 있었다.

과거에는 무기 수급과 생존을 위해 서둘렀지만 지금은 달랐다.

"캬오오오!"

샌드맨의 괴성이 울려 퍼지는 순간이었다.

한성은 자신에게 달려오는 샌드맨을 손가락으로 튕겼다.

단지 손가락 하나로 튕기는 공격 이었지만 레벨 60이 때리는 힘은 과거 한성이 일격을 날렸을 때와는 비교조차 할 수 없었다.

파아아악!

손가락 한방에 샌드맨은 가루가 되어 사라졌고 곧바로 재생되기 시작했지만 전혀 위압감을 주지는 못하고 있었다.

연이어 단계를 높인 샌드맨이 최종단계인 골렘으로 변신을 했지만 한성은 장난감을 가지고 놀듯이 두 손으로 골렘의 몸을 비틀어 버렸다.

골렘은 장난감 부서지듯이 산산 조각 나 버렸으며 경호원들은 한성의 실력에 눈을 떼지 못하고 있었다.

시간이 흘렀다는 것을 말해 주듯이 해변가에 있는 플레이어들의 비명 소리가 높아지기 시작했다.

사람들이 끝도 없이 죽어가고 있는 가운데 기억속의 그 메시지가 전해져왔다.

[절대자가 주는 팁! 세이프 타워를 찾으세요! 세이프 타워 등장입니다!]

"옵니다! 준비하세요!"

혁명단의 누군가가 외치는 순간 과거처럼 모래속에서 세이프 타워가 솟아오르기 시작했다.

세이프 타워가 솟구치는 순간 수 많은 플레이어들이 달려오기 시작했다.

혁명단은 서둘렀다.

"이동합시다! 세이프 존 B지역으로."

하루나를 비롯한 일본 혁명단들은 하나 둘 씩 세이프타워를 이용해 빠져 나갔고 가장 마지막으로 한성이 세이프타워로 이동을 했다.

[세이프 존 B지점으로 이동합니다.]

빛이 번쩍이는 것과 동시에 멀리서 살려달라고 외치며

달려오는 플레이어들의 모습이 보이고 있었다.

플레이어들의 비명이 가득했던 모래사장이 사라지고 한 성의 눈에는 세이프 존 B의 모습이 들어왔다.

과거 자신이 있었던 세이프 존 A와는 다른 위치에 있었 지만 기본적인 성채의 형태는 똑같았다.

익숙한 그리고 악몽이 서려 있는 풍경이 펼쳐지는 가운 데 먼저 와 있던 경호원들은 이미 자리를 봐 두었다는 듯이 한성을 안내했다.

"이쪽으로."

곧바로 한성 일행은 하루나를 보호 하며 한쪽으로 이동 하기 시작했다.

아직 해변가에 있는 플레이어들은 그 누구도 도착하지 못한 가운데 게시판만이 한성 일행을 환영해주고 있었다.

[모두 웰컴! 포기하면 편하다고 포기하면 안되염. 발악하 는 것이 훨씬 더 잼이잇어염. 부상자들은 빨리 낳으세요. 그래야 내가 죽이죠. ㅋㅋ]

과거처럼 맞춤법이 잔뜩 틀린 게시판을 보는 순간 초등 학생 관리자가 떠올라왔다.

과거와는 다르게 세이프 존 B로 왔지만 그때와 똑같은 관리자인 듯이 초등학생 관리자가 여전히 관리하고 있는 것으로 보이고 있었다.

한성이 초등학생 관리자를 의식하고 있는 것에는 아랑곳

없이 혁명단원들은 한성을 안내하기 시작했다.

공교롭게도 이들이 모인 장소는 과거 백호가 경호원들과 함께 있던 그 장소였다.

자신은 이곳에서 백호에게 검을 요구했었고 플레이어들을 구하기 위해 몸부림 쳤었다.

그리고 그 결과는 끔찍한 악몽으로 돌아와 버렸었다.

성채에서 경호원들이 자리를 잡고 있는 가운데 누군가 세이프 타워를 바라보며 말했다.

"플레이어들이 도착한 것 같습니다."

멀리서 세이프 타워를 통해 사람들이 하나 둘 씩 이동해오는 소리가 들려오고 있었지만 한성은 눈길조차 주지 않고 있었다.

다시 한 번 이들의 삶에 관여했다가는 또 다른 악몽이 만들어질 것 같았다.

일본 혁명단의 리더인 혼다가 말했다.

"어차피 우리의 목적은 3일동안 하루나를 보호하는 것뿐이니 쓸데없는 일에는 관여하지 않습니다. HNPC가 나오던 플레이어들이 살려달라고 외치던 우리는 일체 신경을 쓰지 않습니다."

과거 백호처럼 이들 역시 플레이어들과 확실하게 선을 그어 버리고 있었다.

어차피 식량은 충분했으니 움직일 필요는 없었다.

생존도 초창기에는 위협을 가할 만한 몬스터가 출현하지

도 않았고 HNPC도 출현하지 않았으니 오히려 이들이 걱정하는 것은 외부에서 온 플레이어들이었다.

곧바로 혼다는 스킬 북 하나를 하루나에게 내밀었다.

"이제 각성자가 되었으니 사용할 수 있을 거다."

하루나가 스킬북을 찢자 하루나의 몸에서 빛이 번쩍였다.

〈위치 추적 스킬〉

설명: 일주일간 레이다 반경 5KM이내에 독자적인 색깔로 위치를 표시합니다. 지정된 플레이어에게 위치를 나타내 줍니다. 쿨 타임 10일.

특징: 지정된 플레이어는 반드시 레이다를 가지고 있어야 합니다. 1회용 스킬.

마승지가 이곳에 왔다는 것은 확인했지만 그가 어디에 머물러 있을지는 알 수 없었다.

그 탓에 일본 혁명단은 하루나의 몸에 위치 추적 스킬을 사용할 생각이었다.

하루나가 마승지에게 간다면 그건 마승지의 위치를 말해 주는 것이나 다름없었다.

곧바로 확인을 해 보겠다는 듯이 혼다는 레이다를 꺼내 보였다.

레이다에는 수많은 점들이 빛을 발산하고 있었는데 하루나만큼은 특유의 무지갯빛으로 위치를 표시하고 있었다.

혼다가 말했다.

"좋아, 이것으로 마승지의 위치는 알 수 있다."

어느새 3일의 시간이 빠르게 지나갔다.

어차피 생존도에서의 목적은 생존이 아니라 각성한 하루나의 안전 뿐이었다.

밖에서 비명이 울려 퍼지고 몬스터가 나타났다는 고함이 수도 없이 울려 퍼지고 있었지만 경호원 중 그 누구도 관심을 갖는 자는 없었다.

한성 역시 외면하고 있었는데 세 번째로 경험하고 있는 생존도는 과거와 똑같이 진행되어지고 있었다.

플레이어들에게 헛된 희망을 안겨 준다는 듯이 약한 몬스터부터 출현하고 있었고 관리자들의 의도인 것도 모른 채 플레이어들은 쓰레기 등급 무기를 들고 저항하고 있었다.

[푸푸풋! 열심히 하세요~]

살기 위해 몸부림 치고 있는 플레이어들을 조롱이라도 하듯이 하늘에서는 초등학생 관리자의 조롱 섞인 말이 울려 퍼지고 있었다.

똑같은 것은 생존도 시스템만이 아니었다.

과거 백호가 이끌던 경호원들처럼 지금 경호원들은 철저하게 플레이어들과의 관계를 차단했고 외부의 출입을 통제한 채 외부와 차단된 고립된 시간을 보내고 있었다.

플레이어 역시 똑같았다.

과거와 다른 시기에 생존도에 도착했지만 과거와 똑같은 상황이 진행되고 있었다.

벌써부터 파벌을 만들기 시작하고 희생이 계속되는 가운데 하루나를 비롯한 몇몇 여자들은 일찌감치 포기를 선언했다.

하루나가 생존도 밖으로 나가는 것과 동시에 한성을 비롯한 경호원들 역시 생존도 밖으로 나오게 되었다.

생존도 시작 지점인 모래사장.

샌드맨들은 보이지 않고 있었고 경호원과 관리자를 제외하고 이곳에는 여성 플레이어들만이 모여 있었다.

과거 그토록 나오기 힘들었던 생존도 이었지만 지금은 그 누구의 방해도 없이 나오고 있었다.

한성의 앞으로는 여자들을 인솔하러 나온 관리자들이 보이고 있었다.

관리자의 목소리가 울려 퍼졌다.

"자, 자. 포기를 선언했다고 무조건 면제 되는 것은 아닙니다. 일차 면접 후 결정 됩니다. 그럼 따라오세요."

여자들은 관리자들을 따라가기 시작했고 혼다는 하루나에게 작별 인사를 하듯이 속삭였다.

"반드시 구하러 가마."

이들은 마치 연인 사이처럼 보이고 있었는데 지금까지 상황으로 미루어 보아 일본 혁명단이 다른 생각을 가지고 있는 것처럼 보이지는 않고 있었다.

곧바로 하루나는 포기를 선언한 다른 여자들과 함께 인솔자들에게 인계되었다.

원래 포기를 할 경우 여자들은 마승지의 장난감이 된 후에 모체로 이동되는 것이 일반적이었다.

물론 이곳에도 예외가 있었는데 바로 경호원들의 호위가 있는 경우에는 모체로 이동되는 것은 막을 수 있었다.

다만 3일이라는 시간 동안에는 경호원들이 접근 할 수 없는 곳에 머무르게 되었고 그 때 까지 경호원들은 모두 다 생존도 근처에 머무르고 있는 유람선 안에서 머무르게 되었다.

하루나와 다른 여성 플레이어들이 사라지고 경호원들은 모두 다 타고 온 유람선 안으로 돌아가게 되었다.

하루나가 돌아오는 시간은 3일이었지만 암살은 오늘 부터 시작될 예정이었다.

유람선 안에서 모두의 시선은 레이다로 집중되고 있었다.

아직까지 하루나는 한 지점에서 움직이지 않고 있었는데 몇 시간이 지나자 혁명단 중 한명이 말했다.

"이동 시작했습니다!"

모두의 시선이 레이다로 향했다.

레이다를 켜 보자 점들이 보이고 있었는데 하루나는 생존도 근처에 있는 섬으로 이동하고 있었다.

지금 이동하고 있는 위치는 한성도 알고 있는 곳이었다.

혁명단 중 누군가 놀란 듯이 중얼거렸다.

"관리 타워?"

당연히 곧바로 마승지의 별장으로 갈 줄 알았는데 의외로 하루나가 향한 곳은 관리 타워였다.

혼다가 설명했다.

"관리타워에서 면접 후 이동될 겁니다. 외모를 평가한 다음에 끌고 가는 거지요."

그때였다.

문을 두드리는 소리가 들려왔다.

모두가 바라보자 일본 혁명단의 총 리더 양철웅이 모습을 드러냈다.

양철웅의 손에는 환경 미화원들이 입는 유니폼이 들려 있었다.

"관리 타워로부터 연락 왔습니다. 여자들은 오늘 밤에 이동된다고 합니다. 모두 이걸로 갈아입으십시오. 지금 당장 관리 타워로 갑니다. 그곳에서 하루나를 따라 마승지가 있는 곳으로 갑니다."

이미 내부와 연결이 되어 있는 듯이 계획은 진행되어지고 있었다.

모두가 옷을 갈아입기 시작했고 어느새 혁명단은 그 누가 보아도 일개 환경미화원으로 보이고 있었다.

양철웅이 말했다.

"저는 여러분들을 이동 시키는데 까지만 도와 드립니다. 그 다음 관리 타워부터는 하세가와가 도와 줄 겁니다."

"하세가와?"

바로 과거 동료들을 버린 채 후회 속에서 살고 있던 그 일본 혁명단원이었다.

철웅이 답했다.

"네, 지금 말단 관리인으로 있습니다. 가지고 있는 돈을 모두 다 버리는 것은 물론이고 신분을 털어 내고 관리 타워의 잡부로 일하고 있지요. 오늘을 위한 계획입니다. 던전 30층을 정복한 것도 그의 계획이었지요. 믿을 만 합니다."

지금 까지 한성은 일본 혁명단은 믿을 수 있다고 생각하고 있었지만 철웅 만큼은 아직 믿지 않고 있었다.

철웅은 자신 있게 말하고 있었지만 철웅과 함께 이번 암살 계획을 주도하고 있는 하세가와를 믿을 수 있을지는 아직 알 수 없었다.

생존도 관리 타워에는 어느새 석양이 내려앉고 있었다.

생존도 전체를 관리하는 컨트롤 타워는 생존도 근처에 있는 무인도에 있었는데 관리자를 제외 하고는 일체 출입이 통제되어 있는 곳이었다.

타워의 정문은 삼엄한 경비로 가득했는데 한쪽 구석에서 작은 문을 통해 한 사내가 나오고 있었다.

"이쪽입니다."

한성 일행이 입고 있는 환경미화원 복장과 똑같은 복장을 한 하세가와가 쓰레기가 가득한 비닐 봉투를 가지고 나타났다.

천문학적인 돈을 가지고 있는 헌터의 모습은 어디에서도 보이지 않고 있었고 초라한 일개 청소부의 모습만이 보이고 있었다.

한성의 시선이 주변으로 향했다.

제복을 입고 돌아다니는 관리자들이 보이고 있었지만 미리 환경 미화원 들이 올 거라고 보고를 한 탓인지 전혀 경계를 하지 않고 있었다.

하세가와는 쓰레기 더미를 내려놓으며 조심스럽게 말했다.

"이쪽입니다. 긴장하지 마십시오. 이쪽으로는 사람들이 거의 다니지 않습니다. 혹시나 지나가다 마주쳐도 미화원 옷을 입고 있으니 새로 온 미화원이라 생각할 겁니다. 건물 역시 관리자들이 갈 수 있는 곳과는 완전히 차단되어 있으니 그다지 경계가 삼엄하지는 않을 겁니다."

아직 이들을 완전히 믿을 수는 없었지만 이 정도라면 이들이 진심으로 다가오는 것이 느껴지는 것 같았다.

하세가와가 말했다.

"일단 3층으로 올라가 휴게실에서 여자들이 출발하기를 기다립니다."

관리자들의 눈을 피해 화물용 엘리베이터의 문을 여는 순간이었다.

관리자 제복을 입고 있는 소년이 깜짝 놀란 듯이 움찔거렸다.

"어엇!"

"아앗!"

당연히 아무도 없을 줄 알았던 하세가와 역시 놀란 표정을 지었다.

이곳은 관리자들이 이용하지 않는 화물용 엘리베이터 이었는데 소년은 후다닥 뒤로 담뱃갑을 감추고 있었다.

소년은 하세가와를 알아 본 듯이 곧바로 안도의 한숨을 내쉬었다.

"뭐야? 깜놀했잖아!"

하세가와 역시 놀랐지만 이내 마음을 진정 시키며 말했다.

"오호, 석찬이구나. 많이 컸네. 이제 6학년인가?"

석찬이는 눈을 치켜뜨며 말했다.

"중학생이거든?"

"하하! 미안하구나. 아저씨가 몰라 봤네."

"에이 존내 구린 냄새나."

정작 본인은 몸에서 담배 냄새를 풍기고 있었지만 미화원 복장을 한 하세가와를 얕본다는 듯이 반말조로 지껄이고 있었는데 순간 한성은 멈칫 거렸다.

한성이 멈칫 거린 것은 눈앞의 소년의 무례함 때문이 아니었다.

이 목소리는 잊을 수 없었다.

지금 눈앞에 보이는 중학생이 바로 생존도 초등학생 관리자였다.

한성의 눈에서 살기가 나오는 순간 하세가와는 혹시나 문제가 생길지 모른다는 생각에 서둘러 보내려하고 있었다.

"하하하! 미안하구나. 아저씨 하는 일이 좀 냄새나는 일이라 어쩔 수 없구나."

석찬이는 뒤쪽의 인부들을 살펴 본 후에 말했다.

"에이, 더러워라."

곧바로 석찬이는 담배를 꺼내들며 엘리베이터 밖으로 나가기 시작했다.

석찬이가 사라져간 순간 혼다가 주먹을 불끈 쥐며 중얼거렸다.

"쳐 죽일 놈의 새끼. 저 놈 때문에 죽은 자들이……."

혼다 역시 생존도 출신이었고 눈앞의 소년이 초등학생 관리자라는 사실을 알고 있었다.

이를 갈고 있는 혼다를 향해 하세가와가 제지했다.

"참아! 지금은 저런 놈 잡을 때가 아니다."

곧바로 엘리베이터의 문은 닫혔고 엘리베이터는 3층으로 향했다.

3층으로 온 하세가와는 카드를 이용해 비상문을 열었고 비상시에 내려 갈 수 있는 계단이 보이고 있었다.

"이곳으로 내려가면 검사 없이 건물 뒤쪽으로 통과 할 수 있습니다. 일단 여자들이 나올 때 까지는 이곳 휴게실에서 대기하도록 하죠."

곧바로 하세가와는 휴게실 안으로 안내했다.

휴게실 문이 열리는 순간이었다.

"우웃?"

휴게실 안에는 이미 십여 명의 사내들이 모여 있었는데 이들 중 여섯 명은 경비복을 착용하고 있었다.

한성이 놀라는 순간 하세가와가 말했다.

"걱정 마십시오. 우리 편입니다."

이들 역시 하세가와가 이끌고 있는 일본 혁명단원이었다.

'의외로 숫자가 많다.'

일본 혁명단의 역할은 마승지의 위치만을 파악하는 것이고 마승지를 직접 상대하는 것은 한성 자신이라 생각했는데 지금 이들의 숫자는 마치 직접 움직일 것처럼 보이고 있었다.

혁명단 일행이 창문을 통해 밖의 동향을 살펴보고 있던 도중 하세가와가 한성에게 다가왔다.

"우릴 믿지 못하시지요?"

"……."

아무 말 하지 않고 있는 한성을 향해 하세가와 말했다.

"이해합니다. 저라도 과거 던전에서 동료들을 버린 자를 믿을 수는 없겠지요."

혼다가 나서며 말했다.

"그래서 이번 임무는 우리가 해 보이도록 하겠습니다. 저희 끼리 마승지를 제압할 겁니다. 한성님께서는 대기하고 계시다가 저희가 실패할 경우 마승지를 제거해 주십시오."

이건 다소 예상과 벗어나는 일이었다.

한성은 무언가 기다린다는 듯이 아무런 말도 하지 않았다.

원래 제임스는 일본 혁명단을 믿지 않았다.

지금 한성의 몸에는 위치 추적 스킬이 적용되고 있었고 한성이 보고 듣는 것을 똑같이 전달해 주는 미러 스킬 역시 적용되어 있었다.

〈미러 스킬〉

설명: 스킬을 작용한 시점부터 45분 동안 본인이 보고 듣는 것을 그대로 동료들이 가지고 있는 미러 아이템으로 전달해 줍니다. 레벨 60이상.

특징: 반드시 미러 아이템을 가지고 있어야 합니다. 1회용 스킬.

한성은 관리 타워에 도착한 시점부터 미러 스킬을 작동 시키고 있었다.

즉 제임스는 지금 한성의 위치를 파악하고 있었고 모든 상황들을 보고 듣고 있는 상황이었다.

하세가와는 그 사실을 알고 있다는 듯이 한성을 바라보 며 말했다.

"허락해 주시겠습니까? 제임스 혁명단 총사령관님?"

한성은 인벤토리에 가지고 있던 미러를 꺼내 보았다.

손거울처럼 보이는 미러에는 한성의 모습 대신 제임스의 모습이 보이고 있었다.

다소 불편한 사실을 들켰지만 제임스의 얼굴에 당황함은 없었다.

제임스는 담담히 말했다.

"허락한다. 일단 일본 혁명단에게 맡기기로 한다. 마승 지가 있다는 사실만을 확인하도록!"

이미 제임스는 상당수 실력자들을 이곳 주변으로 보내놓 은 상황이었다.

그때였다.

창문 밖을 살펴보고 있던 사내가 말했다.

"여자들 나옵니다. 출발하죠."

곧바로 혁명단은 밖으로 나와 건물 가장 끝에 있는 비상 구로 향했다.

하세가와가 카드를 넣자 비상구가 열리기 시작했고 건물

밖으로 나갈 수 있는 계단이 이어지고 있었다.

한성 일행이 계단을 내려가는 순간이었다.

혁명단 중 한명이 걸음을 멈추며 말했다.

"저기 간다."

어둠 속에서 여자들은 하나 둘 씩 이동을 하고 있었다.

여자들이 뒤쪽에 있는 건물로 향하는 모습에 한성의 눈썹이 꿈틀거렸다.

무언가 이상하게 느껴지고 있었다.

다른 이들과는 다르게 한성은 회귀 전 이곳에 와 본적이 여러 번 있었다.

면접이 끝났으니 이들이 향하는 곳은 당연히 마승지의 별장이 있는 곳 이 분명했는데 자신의 기억에 분명 마승지의 별장은 컨트롤 타워와는 반대쪽에 있는 섬에 위치해 있었다.

분명 마승지를 만나러 간다면 배를 이용해야 했는데 이상하게도 여자들은 걸어서 컨트롤 타워 뒤쪽에 있는 건물로 향하고 있었다.

"위치 확인."

혹시나 함정이 아닌지 한성이 말하자 혼다는 레이다를 꺼내 보았다.

전혀 이상할 게 없다는 듯이 하루나의 위치는 바로 앞의 건물 안에 있는 것으로 확인되어지고 있었다.

별 의미 없는 변화인지 함정인지 한성이 의아함을 가지

고 있을 때였다.

누군가 낮은 목소리로 말했다.

"저기 마승지다!"

어둠속이었지만 마승지의 모습은 분명히 보이고 있었다.

관리자들의 경호를 받으며 마승지는 천천히 여자들이 들어간 곳으로 움직이고 있었다.

하루나에 이어 마승지까지 모습을 보이자 더 이상 의심은 할 수 없었다.

마승지를 본 일본 혁명단의 얼굴에는 비장감이 흐르고 있었다.

국가 최고 관리자 보다 높은 위치의 사도를 지금 잡을 수 있는 기회가 온 것이다.

"경호원 숫자는?"

레이다를 살펴보며 말했다.

"건물 밖에 일곱 명, 돌아다니는 경비들이 열세 명. 들어간 여자들 숫자를 빼면 건물 안에는 마승지 밖에 없는 것으로 확인됩니다."

혼다가 말했다.

"이곳에서 끝내죠."

하세가와가 고개를 끄덕이며 말했다.

"좋습니다. 경비가 바뀌는 즉시 시작한다."

곧이어 혼다가 일본 혁명단을 향해 말했다.

"10분후 우리쪽 사람들이 경비들과 교체할 때를 노린다."

곧바로 일본 혁명단은 움직이기 시작했다.

제일 먼저 경비 복장을 한 자들이 먼저 움직이기 시작했고 나머지 일행들은 계단 뒤에서 몸을 숨기며 이들을 주시하고 있었다.

마승지를 경호하고 있던 경호원들은 하나 둘씩 교체되고 있는 가운데 혁명단들은 움직이기 시작했다.

마승지가 있는 건물과의 거리는 채 1Km도 되지 않아 보였고 마지막으로 하세가와가 떠나며 말했다.

"10분 후 시작합니다. 한성님은 우리가 실패했을 경우에 움직여 주십시오. 불안하시면 그대로 달아나셔도 좋습니다."

지금 이 말은 제임스에게 전달하고 있는 것이나 마찬가지였다.

"우리의 신념을 봐 주시길."

말을 마친 하세가와는 곧바로 움직이기 시작했다.

모두가 떠나간 후 한성은 손거울을 꺼내들었다.

일본 혁명단이 모두 다 사라졌으니 제임스는 또 다른 지시를 내릴 것이 분명했다.

제임스가 말했다.

"마승지가 있다는 것을 확인했으니 성공이야. 지금 당장 일본 혁명단의 성공여부에 상관없이 주변에 있는 모든 자들을 투입시키겠다."

일본 혁명단이 실패할 것을 예상하고 있다는 듯이 제임스는 말하고 있었다.

"너무 한 곳에 모으는 것 아닌가?"

한성의 물음에 예상치 못한 제임스의 말이 들려왔다.

"마승지 뿐만 아니라 컨트롤 타워를 점령할 생각이다. 컨트롤 타워에는 생존도의 몬스터를 출현시킬 수 있는 기술이 있다. 그걸 빼앗을 수 있을지 몰라. 또한 컨트롤 타워는 파괴 시킬 생각이다."

'이거였구나!'

한성은 제임스가 감추고 있던 사실을 알아차렸다.

마승지에게 모두의 시선이 쏠리고 있었지만 정작 제임스가 노리고 있는 것은 컨트롤 타워였다.

일본 혁명단이 배신을 하든 말든 제임스의 진짜 목표는 마승지가 아닌 컨트롤 타워였다.

던전이 아닌 곳에서 몬스터가 유일하게 나타나는 곳이 생존도였다.

생존도에서 출현하는 몬스터들은 저 레벨의 몬스터이기는 했지만 관리 타워에서 몬스터를 불러내는 것은 분명했다.

그 기술은 극비 중에 극비 사항이었고 회귀 전 한성 역시 그 부분에 대해서는 알지 못하고 있었다.

제임스는 마승지 뿐만 아니라 다음 단계까지 보고 있었다.

만일 컨트롤 타워를 제압한다면 몬스터를 만들어낼 수 있는 기술을 빼낼 수 있을 지도 몰랐다.

제임스가 말했다.

"10분 이내에 대규모 혁명단이 헬기를 이용해서 그곳에 도착한다. 정면 돌파를 할 테니 안쪽에서 준비하도록!"

그때였다.

기계음이 울렸다.

[미러 스킬 종료 10초 남았습니다. 10, 9, 8······.]

제임스의 곁에 있던 민석이가 고개를 내밀며 말했다.

"우린 어떻게 할까요?"

"대기한다."

한성은 단호하게 말했다.

제임스는 일본 혁명단의 성공 여부에 상관없이 혁명단의 모든 전력을 투입 시킬 생각을 가지고 있었지만 모든 전력을 한 곳에 모으는 것에 한성은 불안감을 떨치지 못하고 있었다.

[미러 스킬 종료되었습니다.]

기계음을 끝으로 거울에서 민석이의 얼굴은 사라져 버렸다.

곧바로 한성은 관리 타워 쪽을 바라보았다.

관리자가 사용하는 건물은 잡부들이 사용하는 건물과 차단되어 있었는데 한성의 눈에는 창문이 열린 쪽으로 향했다.

'사슬.'

곧바로 손에 사슬을 착용한 한성은 팔을 뻗었다.

좌아아앗!

늘어난 사슬은 열린 창문 안쪽으로 뻗어나갔고 곧바로 한성은 사슬과 함께 창문을 통해 내부로 침투했다.

곧바로 한성은 관리 타워 안쪽에서 움직이기 시작했다.

컨트롤 타워 최상층은 가본 적 없었지만 내부는 어느 정도 알고 있었다.

한성이 걷고 있을 때였다.

한쪽에서 신이 난 목소리가 들려왔다.

"우캬캬캬캬캬! 신컨의 맛을 보았느냐!"

목소리를 듣는 순간 한성의 발걸음이 멈추어졌다.

한성은 목소리가 들려온 쪽으로 걸어갔다.

반쯤 문이 열린 곳 앞에는 생존도 컨트롤 룸이라고 쓰여 있었다.

'세이프 존 B.'

생존도 관리자들은 각 지역구 마다 분리되어 있었는데 지금 이곳은 세이프 존 B지역을 관리하는 곳이었다.

한성은 두근거리는 심장을 진정 시키며 룸 안을 바라보았다.

쓸데없는 일에 참가하는 것 같았지만 그냥 지나쳐 가기에는 생존도의 원령들이 자신을 붙잡고 있는 것 같았다.

관리실 안의 모습이 보이자 예상했던 대로 바로 그 초딩 관리자가 거대한 화면을 보며 신이 난 듯이 소리치고 있었다.

"크하하하하! 레벨 낮다고 얕보니까 발리는 거다!"

초딩관리자를 필두로 주변에는 대 여섯명의 관리자들이 있었는데 하나 같이 거대한 화면에 시선을 집중 시키고 있었다.

한성의 시선이 거대 화면으로 향했다.

생존도의 모습이 보이고 있었는데 세이프 존 B지역구로 몬스터들이 몰려가고 있었다.

아직 생존도가 시작된 지 며칠 지나지 않은 탓에 데빌 레빗 같은 낮은 레벨의 몬스터들이었지만 초딩관리자의 실력이 늘었는지 과거와는 다른 움직임을 보이고 있었다.

플레이어들은 쉴 새 없이 쓰러지고 있었고 눈앞에서 사람이 죽어가고 있음에도 초딩관리자에게는 게임 속 캐릭터가 죽어가는 것 이상도 이하도 아니었다.

한성의 몸에 분노의 기운이 휩싸였다.

죽어가고 있는 플레이어들의 모습에 과거 자신과 함께한 후 죽어간 플레이어들의 모습이 겹쳐 지나가고 있었다.

초딩 관리자는 플레이어들이 쓰러지는 모습에 환호를 내지르고 있었고 석찬이 뒤에서 보고 있던 다른 관리자들이 한마디씩 하기 시작했다.

"이야, 석찬이 컨 많이 늘었네."

"작년에 한번 발리더니 뼈를 깎는 노력을 했군."

"아이 씨! 그건 그 놈들이 핵 쓴 거라니까요!"

석찬이가 화를 내며 뒤를 보는 순간이었다.

"허억!"

한성의 모습이 보였다.

아직까지 위장한 복장을 하고 있는 탓에 한성의 정체는 알지 못했다.

석찬이의 눈이 커졌다.

"청소부가 왜 이곳에?"

놀란 석찬이의 모습에 관리자들은 일제히 뒤를 돌아보았다.

그곳에는 온 몸에 분노의 기운이 차오르고 있는 한 사내의 모습이 보이고 있었다.

"뭐, 뭐냐?"

한성의 양손이 움직였다.

촤아아아아앗!

한성의 양 손이 움직이는 순간 마나의 불꽃들이 튕겨 나갔고 비명과 핏덩어리가 관리실 안에서 뒤엉키며 사방으로 튀었다.

"허어어억!"

단 한번의 일격에 관리자 중 살아남은 자는 석찬이 밖에 없었다.

"아… 아…"

모니터를 통해 수도 없이 사람들을 죽이고 수도 없이 죽어가는 사람들을 보았지만 지금 눈 앞에서 실제로 사람이 죽은 것을 본 것은 처음이었다.

석찬이는 어찌할 바를 모르고 있었다.

한성에게는 더 이상 얼굴을 감출 필요도 신분을 감출 필요도 없었다.

촤아아앗!

곧바로 한성의 몸에서 빛이 나는 것과 동시에 환경미화원 복장은 사라져 버렸고 중무장한 한성의 모습이 눈에 들어오고 있었다.

한성은 한걸음 다가가기 시작했다.

일격에 죽일 수도 있었지만 하고 싶은 일이 있었다.

다가오는 한성의 모습에서 석찬이는 알 수 있었다.

"설, 설마 너, 너는!"

지난 생존도에서 자신에게 처절한 굴욕을 느끼게 했던 바로 그 사내였다.

한성이 한걸음 한걸음 다가올 때 마다 거대한 몬스터가 자신의 앞으로 다가오고 있는 것 같았다.

의자에 앉은 채로 얼어붙은 초딩관리자는 어느새 오줌을 지리고 있었다.

한성의 억센 손이 석찬이의 목을 잡으며 들어 올렸다.

"으아아아!"

이대로 가볍게 목을 비틀면 즉사 시킬 수 있었지만 한성은 무언가 해야 할 것이 있다는 듯이 한 손으로 석찬이를 들어 올린 채 창문 쪽으로 다가갔다.

"이, 이거 놔!"

초딩 관리자는 바동거리고 있었지만 한성은 눈길조차 주지 않은 채 창문 밖을 바라보고 있었다.

창문 너머로는 바다 건너 불빛이 빛나고 있는 생존도가 보이고 있었다.

지금 이 순간에도 생존도에서는 생존을 위해 플레이어들이 사투를 벌이고 있었다.

사람이 죽어가는 가운데 일체의 죄의식도 느끼지 못한 초딩 관리자에게 보여 줄 것이 있었다.

한성의 한쪽 주먹이 그대로 창문을 가격했다.

챙그랑!

창문을 부숴버린 한성은 석찬이의 머리를 창문 밖으로 내밀며 외쳤다.

"자! 똑똑히 봐라! 저곳이 생존도다! 저기에서 죽어간 사람들의 원혼이 보이지 않느냐! 당장 사죄해라!"

한성은 당장이라도 창문 밖으로 초딩 관리자를 던질 듯이 석찬이의 머리를 창문 밖으로 밀어 넣고 있었다.

공포에 질린 석찬이는 허공에서 손을 허우적거렸다.

"사, 사람 살려…. 어억!"

도움을 요청하는 말이 끝나기도 전에 석찬이의 엉덩이에 한성의 손바닥이 떨어져 왔다.

철썩!

"아아아악!"

마나의 기운이 서린 손바닥에 얻어맞자 석찬이의 엉덩이에는 불이 붙고 있었다.

엉덩이가 찢어진 것 같은 아픔에 석찬이의 눈에는 눈물이 흘러내리고 있었다.

한성의 불호령이 떨어졌다.

"당장 사죄 하지 못하겠느냐!"

한성은 엄포에 석찬이는 울먹이며 말했다.

"이씨! 내가 왜 벌레들에게 사죄해야해! 엄마가 벌레들은 죽여도 된다고 했단 말이야. 엉엉!"

당장이라도 석찬이를 던져 버릴 것 같았던 한성이 멈칫거렸다.

말이 통하지 않았다.

이 초딩 관리자는 아예 태어날 때부터 사고방식 자체가 일반 사람의 사고방식이 아니었다.

"이이이익!"

한손으로 초등학생 관리자의 멱살을 잡은 채 창문 밖으로 던져 버리려는 순간이었다.

석찬이는 바동거리며 외쳤다.

"으아아아악! 누나 살려줘!"

"누나?"

순간 한성은 던지려던 손을 그대로 멈추었다.

한성이 멈칫 거리자 눈물로 가득 찼던 석찬이의 눈이 반짝였다.

모두가 두려워하는 그녀를 자신은 누나로 부르고 있었다.

"우쒸, 에솔릿 누나가 이곳에 있어! 너 죽고 싶지 않으면 당장 이거 놔!"

설마 했던 그 이름이 나오고 있었다.

무언지 모를 불길함이 갑싸기 시작했다.

이미 최강 병기로 완성이 된 에솔릿이 이곳 생존도에 있을 리는 없었다.

에솔릿 정도 되는 최강의 HNPC가 최상층 던전이 아닌 이곳에 있다는 것은 혁명단이 이곳에 온다는 것을 알고 있다는 것을 의미했다.

순간 한성의 머릿속으로는 자신들이 너무나 쉽게 컨트롤 타워에 들어왔다는 생각이 들었다.

아무리 자신이 위장을 하고 내부의 도움이 있다고 하더라도 이렇게 까지 쉽게 들어올 수는 없었다.

지금 까지 마승지와 일본 혁명단의 움직임을 주시하느라 놓치고 있었는데 지금 생각하니 쉬워도 너무 쉽게 컨트롤 타워에 들어왔다.

여자들이 움직인 곳이 마승지의 별장이 아니라는 사실과 여자들의 움직임 역시 그대로 노출되었다는 사실이 떠오르며 머릿속에서 맞추어지고 있던 퍼즐은 결론을 이끌어 냈다.

'함정이다!'

지금 이곳에는 상당수의 혁명단이 오고 있었다.

제임스가 관리 타워를 노리고 이곳에서 승부를 생각하는 것처럼 관리자들 역시 이곳에서 승부를 볼 생각을 가지고 있다는 생각이 들었다.

한성이 이런 생각을 하고 있는 동안 석찬이의 목소리가 높아졌다.

"너, 에솔릿 누나 알지? 잡아먹히고 싶지 않으면 당장……. 아아악!"

한성은 석찬이를 창문 밖으로 그대로 집어 던져 버렸다.

"우와아아아아!"

석찬이의 비명이 사라지는 순간이었다.

두두두두!

헬리콥터가 하늘에서 날아오는 소리가 울려 퍼지고 있었다.

한 두 대가 아닌 듯이 요란한 소리는 하늘을 뒤덮었고 있었다.

한성의 시선이 하늘로 향했다.

각기 다른 모양의 헬리콥터들은 혁명단의 헬리콥터라는 사실을 말해주고 있었고 약속이나 한 듯이 헬리콥터들은 컨트롤 타워를 향해 날아오고 있었다.

제임스는 정면 승부를 하겠다는 듯이 숨기지 않고 온 병력을 집중 시키고 있었다.

"안 돼! 함정이다!"

한성의 외침에도 불구하고 곧바로 헬리콥터에서는 혁명

단원들이 컨트롤 타워 주변으로 뛰어 내리기 시작했다.

낙하산 따위는 전혀 필요 없다는 듯이 수십 명의 혁명 단원들이 뛰어 내리고 있던 그 때였다.

슈우우우우웃!

어둠을 가르며 빛줄기가 날아와 그대로 헬리콥터에 명중되었다.

콰과과과광!

마나의 기운과는 전혀 다른 공격이 연이어 날아오는 가운데 혁명단들이 타고 왔던 헬리콥터들은 연이어 추락하고 있었다.

콰과광! 콰과과광!

지금 혁명단이 타고 온 헬리콥터를 추락시키고 있는 불꽃은 마나의 기운이 아니었다.

"미사일?"

미사일이 날아오는 방향을 바라보았다.

스무 대도 넘는 군용 헬리콥터가 날아오고 있었다.

슈우우웃! 슈우우웃!

혁명단이 올 줄 알고 있었다는 듯이 군용 헬리콥터들은 쉴 새 없이 미사일을 쏘며 혁명단이 타고 온 헬리콥터들을 격추 시켜 버리고 있었다.

군용 헬리콥터 앞에 혁명단이 타고 온 헬리콥터들은 힘 없이 추락하기 시작했고 곧바로 군용 헬리콥터에서도 각성자들이 뛰어 내리기 시작했다.

컨트롤 타워 주변이 밝아지는 것과 동시에 숨어 있던 관리자들이 등장하기 시작했다.

'매복!'

매복해 있었던 관리자들은 지상에 착지한 혁명단과 전투를 벌이기 시작했고 곧바로 치열한 전투가 벌어지기 시작했다.

그때였다.

콰과과과광!

귀를 찢을 것 같은 굉음소리가 울려 퍼지며 마승지가 있던 건물이 폭발을 하고 있었다.

미리 폭약을 장착해 둔 듯이 건물은 송두리째 날아가고 있었다.

현대식 무기는 각성자들에게 통하지 않았지만 화염 만큼은 달랐다.

아무리 각성자라 하더라도 물속에서 익사를 할 수 있었고 불에 의해 죽을 수는 있었다.

한성은 그대로 창문 밖을 향해 뛰어 나갔다.

무너진 건물을 뚫고 누군가 하늘로 솟구쳤다.

'마승지!'

마승지가 하늘을 향해 떠오르는 순간이었다.

곧바로 혼다와 하세가와가 역시 건물 밖으로 튀어 나오며 마승지를 향해 공격을 퍼붓기 시작했다.

촤아아앗! 촤아아앗!

마나의 기운이 뿜어져 나가고 있었지만 마승지는 허공에 떠 있는 채로 움직이지도 않고 있었다.

분명 정확하게 겨누어졌음에도 혼다와 하세가와의 공격은 마승지의 몸이 아닌 주변에 떠 있는 마나 쉴드로 빨려 들어가고 있었다.

한성의 시선이 마승지의 주변에 떠 있는 몇 개의 마나 덩어리로 향했다.

'마나 쉴드!'

일반 적으로 마나 쉴드는 몸에 붙어 있다 시피 했는데 마승지는 몸 주변에 마나 쉴드를 떠오르게 할 수 있었다.

즉 지금 마승지에게는 이 중으로 쉴드가 착용되어 있는 것이나 마찬가지였다.

혼다와 하세가와의 공격이 마승지의 몸을 노리고 있었지만 마승지의 주변에 떠 있는 마나 쉴드는 흡수하듯이 혼다와 하세가와의 공격을 빨아들이고 있었다.

과거 대만 관리자가 사용했던 마나 써클이나 한성이 창으로 상대의 공격을 흡수한 스킬과 비슷한 스킬 이었지만 지금 마승지가 사용하고 있는 스킬은 몸이나 도구가 아닌 허공에 떠 있는 상태로 상대의 공격을 흡수하고 있었다.

혼다와 하세가와의 공격은 전혀 마승지의 털끝 하나 건드리지 못하고 있었다.

그때였다.

"한심한 것들! 감히 누구를!"

지상에 착지를 한 마승지의 두 손이 빠르게 움직이기 시작했다.

촤아아앗! 촤아아앗!

마치 날카로운 원반을 던진다는 듯이 마승지의 두 손에서는 원반 모양의 마나가 쏟아져 오기 시작했다.

양 팔이 움직일 때 마다 원반 모양의 마나는 쏟아져 왔고 이건 피하려야 피할 수 없는 공격이었다.

하세가와는 혼다에게 최후의 일격을 부탁한다는 듯이 혼다의 앞쪽으로 몸을 날렸다.

"뒤를 부탁한다!"

"크어어억!"

하세가와의 몸이 산산조각 나버리는 순간이었다.

쓰러진 하세가와의 뒤에서 혼다가 창을 뻗으며 튀어 나오고 있었다.

"으아아아앗!"

자신을 희생하면서까지 동료를 내 보낼 거라고 마승지는 생각조차 하지 못하고 있었는데 하세가와가 쓰러지기 무섭게 혼다의 창은 마승지의 심장을 노리고 있었다.

"어엇?"

혼다의 외침과 함께 그의 창이 마승지의 심장을 향해 찔러 들어가는 순간이었다.

파아아앗!

마승지 주변에 흩어져 있던 마나 쉴드들이 심장 앞으로 모여 들었다.

'일격!'

최후의 일격을 날린다는 듯이 혼다의 창끝으로는 그 어느 때보다 강한 마나의 기운이 모여 있었다.

혼다의 창끝이 마나 쉴드에 명중되는 순간이었다.

챙그랑!

"크어어어억!"

뜻 밖에도 마나 쉴드는 깨어져 버렸고 마승지의 몸은 튕겨져 나가고 있었다.

심장 앞에 모인 마나 쉴드가 산산 조각나며 충격에 튕겨 나간 마승지는 달려오고 있던 한성의 앞으로 쓰러지고 있었다.

한성을 본 혼다가 소리를 내질렀다.

"해치워!"

중심을 잃고 휘청 휘청 거리고 있는 마승지를 향해 한성의 검이 그대로 내리찍어졌다.

지금 한성이 휘두르고 있는 검은 60레벨에 강화된 유니크 검이었다.

현존하는 최강의 무기 앞에서 그 어떤 방어도 한성의 검을 막을 수는 없었다.

좌아아아앗!

마승지가 착용한 갑옷은 종이 찢어지듯이 찢어지고 있었다.

"크어어어억!"

마승지가 죽는 순간 한성은 굳은 표정을 지었다.

'철저하게 셋업 되어 있다!'

사도라는 거물을 잡았음에도 불구하고 한성은 조금도 기쁜 표정을 짓지 않고 있었다.

굳은 표정을 짓고 있는 한성과는 다르게 혼다는 기쁜 듯이 소리쳤다.

"해치웠다!"

마승지가 죽었음에도 불구하고 분이 가시지 않았다는 듯이 혼다는 사정없이 단검으로 마승지의 시체를 내리찍고 있었다.

"이 놈이 감히 하루나를! 이 놈 때문에! 이 놈 때문에!"

단검이 마승지의 시체를 헤집고 있을 때였다.

피이이익!

시체에서 연기가 피어오르며 마승지의 모습이 바뀌었다.

"어엇?"

혼다의 놀란 비명이 새어나오고 있는 가운데 한성이 말했다.

"함정이다. 빠져나간다."

마승지의 얼굴은 어느새 오십대의 다른 동양인 얼굴로 바뀌어 있었다.

"이, 이럴 수가!"

혼다는 믿을 수 없다는 듯이 중얼거렸다.

"외, 외형 변화 스킬!"

사도인 마승지 역시 혁명단을 잡기 위한 미끼였다.

조금 전 전투에서 한성은 지금 이 상대가 마승지가 아니라는 사실을 알 수 있었다.

외형 변화 스킬로 외모를 비슷하게 만들 수는 있었지만 당연히 실력은 똑같이 만들 수 없었다.

과거 한성은 마승지의 진짜 실력을 본 적이 있었다.

진짜 마승지라면 주변에 흐르고 있는 마나 쉴드를 무려 열 두 개 까지 만들 수 있었다.

공격 역시 조금 전과는 비교할 수 없을 정도의 위력을 낼 수 있었고 진짜 마승지라 한다면 아까 공격에서 하세가와 뿐만 아니라 혼다까지도 날려버렸을 것이 분명했다.

그때였다.

폐허가 되어 버린 건물 속에서 살아남은 혁명단들이 하나 둘씩 나오고 있었다.

혁명단들이 스킬을 사용해서 여자들을 보호한 듯 하루나를 비롯한 여자들이 밖으로 나오고 있는 모습이 보이고 있었다.

혼다가 소리쳤다.

"서둘러! 완전히 함정에 빠졌다. 서둘러 이곳을 빠져나간다!"

❖

　곧바로 한성은 살아남은 일본 혁명단과 함께 움직이기 시작했다.

　당장 섬을 빠져 나가야 했지만 사방이 바다로 둘러싸인 이곳 무인도에서 달아날 곳이라고는 바다 밖에 없었다.

　"와! 와!"

　하늘을 찢을 듯한 함성 소리와 함께 어느새 타워 주변에는 전투가 벌어지고 있었다.

　쾅! 쾅!

　촤르르르릇!

　몰아치는 섬광의 기운을 보는 순간 전투가 얼마나 치열한 지를 말해 주고 있었다.

　헬리콥터에서 뛰어내린 혁명단들은 관리자들의 매복에 기습을 당했지만 혁명단 중에서도 가장 뛰어난 실력자들이 온 탓에 아직까지는 밀리지 않고 대등한 전투를 벌이고 있었다.

　이 중에서도 가장 강한 기운을 내뿜고 있는 제니퍼와 산도발은 단숨에 한성의 시선을 끌었다.

　제니퍼의 늘어난 채찍은 관리자들을 날려 버리고 있었고 산도발의 양 손에 든 도끼는 사정없이 관리자들을 찍어 버리고 있었다.

　일당백은 상대한다는 듯이 제니퍼와 산도발을 중심으로

혁명단은 전혀 밀리지 않고 있었는데 한성은 소리쳤다.

"함정이다! 빠져 나가야 한다!"

산도발 역시 상황을 파악했다는 듯이 고개를 끄덕이며 외쳤다.

"탈출한다! 바다로!"

"구원병 온다고 연락 왔습니다!"

일단 바다로 몸을 숨기면 스킬을 이용해 해상에 떠 있는 배를 탈취할 수 있었다.

그때였다.

컨트롤 타워 주변에서 혁명단과 겨루고 있던 관리자들이 약속이나 한 듯이 달아나기 시작했다.

이들의 목적은 시간을 끄는 목적이라는 듯이 이들은 순식간에 사라져 갔고 곧바로 진짜 공격이 눈에 들어왔다.

"저기다!"

마치 군대의 상륙 작전을 연상케 하 듯이 해변가에서는 수많은 각성자들이 무리를 지어 올라오고 있었다.

상륙을 하고 있는 헌터들을 본 혁명단의 입에서는 비명이 새어 나오지 않을 수 없었다.

"오 마이 갓!"

"세, 세상에!"

개미 떼를 연상시키듯이 지금 해안가에서 올라오고 있는 자들의 숫자는 무려 수천 명도 넘어 보였다.

이들 역시 한성 일행이 달아날 곳은 바다 밖에 없다는

사실을 알고 있는 듯이 해안가에 몰려 수비를 굳히고 있었다.

방패병들이 거대 방패로 벽을 만들고 뒤쪽으로는 궁수들이 크로스 보우를 겨누기 시작했다.

"온다!"

산도발의 외침이 끝나기도 전에 크로스 보우의 발사 소리가 울려 퍼졌다.

퉁! 퉁! 퉁! 퉁! 퉁!

크로스 보우의 묵직한 소리가 울려 퍼지며 마나탄 들이 사정없이 혁명단의 몸을 향해 쏟아져 왔다.

"쉴드!"

방어 스킬들이 발산되며 날아오는 마나탄들을 막기 시작했지만 이 많은 마나탄들을 모조리 막을 수는 없었다.

"으아아아악!"

펑! 펑! 펑!

혁명단 몸이 터지는 소리가 울려 퍼지는 가운데 한성은 검을 빼들었다.

"길을 열겠다!"

한성은 제일 먼저 앞으로 달려가기 시작했다.

홀로 선두에서 달려가고 있는 한성이 들고 있는 검으로 마나의 기운이 모여들기 시작했다.

검에서 번쩍이는 기운은 단번에 수비병들의 시선을 끌어 잡았고 수비병들의 모든 타겟팅이 한성에게 향하고 있었다.

이미 한성에 대한 정보는 넘어간 상태였다.

지휘관이 한성을 가리키며 외쳤다.

"저 놈이 핵심 인물이다! 선두에서 달려오고 있는 저 놈을 잡아라!"

"다른 놈은 필요 없다! 저 놈만을 집중해서 모든 공격을 퍼부어라!"

방패 병들 뒤쪽에 있던 궁병들의 크로스 보우에서 불이 뿜어졌고 창병들은 창을 던지기 시작했다.

한성의 검에 흐르고 있던 마나의 기운은 불꽃처럼 타오르기 시작했다.

자신에게 쏟아지는 공격들을 모조리 막겠다는 듯이 한성은 검을 자신의 앞에서 양옆으로 흔들기 시작했다.

웅! 웅! 웅! 웅! 웅!

검을 흔들 때마다 마나의 기운은 마치 방패처럼 한성의 앞에서 날아드는 마나의 기운들을 모조리 흡수하기 시작했다.

상대의 공격을 빨아들이듯이 마나의 기운을 잡아먹은 검에서 불꽃은 더욱더 크게 일어나기 시작했다.

유니크 검의 수준이 다르다는 것을 말해 주기라도 하듯이 상대의 마나를 먹은 불꽃은 배가 고프다는 듯이 더욱더 활활 불타오르고 있었다.

"저, 저것은 뭔가!"

"세, 세상에!"

"겁먹지 마라! 어차피 적은 혼자다! 검 하나 가지고 이 많은 병사들을 혼자서 당해낼 수는 없다!"

아무리 강한 마나의 기운이라 하더라도 2M도 되지 않는 검을 가지고 이 많은 방패 병들을 모두 다 날려 버릴 수는 없었다.

검을 휘두르는 순간 곧바로 마나의 기운은 사라질 것이 분명했다.

마나의 기운이 사라지는 순간 후방의 창병들이 공격을 가하게 될 것이 분명했고 아무리 한성이라 하더라도 이중 삼중으로 겹겹이 담을 만들고 있는 수비병들을 제압할 수는 없을 것이 분명했다.

가장 최전선에 있는 병사들은 한성의 기세에 덜덜 떨고 있었지만 지휘관은 가혹했다.

"물러서지 마! 한방만 버티면 된다! 물러서면 내가 죽인다!"

지휘관은 선두의 병사들은 희생양으로 삼을 생각이었다.

가장 선두에 있는 병사들은 희생되겠지만 이 정도의 희생으로 3000억의 현상금이 걸려 있는 자를 잡을 수 있다면 기꺼이 감당해낼 수 있었다.

겹겹이 방어선들이 이중 삼중으로 설치되어 있었지만 달려가고 있는 한성에게 멈칫거림이라고는 없었다.

한성이 방패병 바로 앞 까지 달려오는 순간이었다.

한성은 잡고 있는 검에 힘을 쥐었다.

'확장!'

촤아아아앗!

순식간에 검은 마나의 기운과 함께 늘어나기 시작했다.

"허어억!"

눈앞에서 온 힘을 다해 방패를 쥐고 있던 병사들의 입에서 비명이 튀어 나왔다.

지금 한성의 검은 검이 아니라 불기둥으로 바뀌어 있었다.

한성이 들고 있는 불기둥은 과거 백호의 검이 늘어난 것보다 몇 배 더 커지기 시작했고 몇 배 더 강력해지고 있었다.

"어? 어어어어!"

눈앞에서 보이고 있던 검은 순식간에 10M는 될 듯 한 거대 불기둥으로 모양을 바뀌었고 불기둥은 가차 없이 방패병들을 향해 휘둘러지고 있었다.

우우우우우웅!

묵직한 공기를 가르는 소리와 동시에 휘몰아치고 있는 마나의 기운은 가차 없이 방패병들을 퍼 올렸다.

"우아아아악!"

상대를 베는 것이 아니라 퍼 올리는 듯이 단 한번 일격에 검에서 뿜어져 나온 기운은 벽처럼 쌓고 있던 방패들과 함께 관리자들을 허공으로 날려 버리고 있었다.

콰다다다다당!

상대의 무기를 파괴 시켜 버리는 유니크 검에 방패들은 산산조각나며 허공으로 날아가고 있었고 폭발하는 마나의 기운에 의해 후방의 병사들까지 휩싸이며 하늘로 날아가 버리고 있었다.

뒤쪽에서 한성을 따라오고 있던 혁명단들의 시선은 하늘로 향하고 있었다.

하늘에는 산산조각난 방패들과 크로스보우 그리고 병사들의 몸뚱이들이 퍼지고 있었다.

"세, 세상에!"

지금 한성이 내는 공격은 던전의 보스급 몬스터도 쉽게 낼 수 없는 공격이었다.

언제 눈앞에 방어병이 있었냐는 듯이 그토록 견고했던 방어막은 순식간에 뻥 뚫려 버리고 바다가 보이고 있었다.

혁명단이 서둘러 바다로 나아가려는 순간이었다.

콰과과광!

마치 벼락이 치는 것처럼 하늘에서 불꽃이 번쩍거렸다.

낙뢰가 떨어진 다는 듯이 번개가 명중된 곳에는 세이프 타워가 보이고 있었다.

"세이프 타워?"

"우리 쪽이 달아나게 해 둔 건가?"

"아니야! 그런 말은 없었어!"

"앗! 저기 또 나온다!"

쿠르르릉! 쿠르르릉!

지하에 숨겨 놓았다는 듯이 지하에서는 연이어 세이프 타워들이 지상으로 솟구쳐 오르고 있었다.

'이, 이건!'

지금 나타나고 있는 세이프 타워들은 보통의 세이프 타워와는 비교할 수 없을 정도로 거대했는데 세이프 타워 끝에서 마나의 기운이 모이고 있었다.

촤아아아앗!

마치 다른 쪽 세이프 타워로 모은 마나를 전송한다는 듯이 세이프 타워에 모여 있던 빛줄기는 그대로 다른 쪽 세이프 타워 끝으로 쏘아지기 시작했다.

마나의 기운을 받은 세이프 타워는 곧바로 또 다른 세이프 타워로 마나의 기운을 전달하기 시작했고 갑작스러운 세이프 타워의 등장에 한성은 멈칫 거렸다.

"이, 이게 뭐야?"

"왜 이런 곳에 세이프 타워가 있는 거야?"

다른 혁명단들은 어떤 일이 벌어지고 있는지 알지 못하겠다는 듯이 고개를 갸웃거리고 있었는데 한성은 짚이는 것이 있었다.

'설, 설마!'

원칙적으로 세이프 타워는 한 번에 주변에 있는 사람 한 명만을 이동시키는 것이 가능했다.

대규모 인원을 동시에 이동시킬 수 있는 아티팩트와는

다르게 세이프 타워는 한번에 한명밖에 이동 시키지 못한다는 단점이 있었는데 훗날 이 불편함을 해결하기 위해 세이프 타워 끼리 연동시키는 기술이 있었다.

마치 전봇대처럼 세이프 타워를 여러 곳에 설치하여 마나의 기운을 연결시키면 그 공간 안에 있는 모든 자들을 동시에 이동시킬 수 있는 기술로 훗날 아티팩트 보다 더 유용하게 사용할 수 있는 기술이었다.

'당했다!'

하늘에서 본 다면 섬 주위는 세이프 타워에서 흘러나온 마나의 기운으로 둘러싸여 지게 되었다.

수비병의 목소리가 울려 퍼졌다.

"물러서라!"

관리자들은 미리 이 사실을 알고 있다는 듯이 순식간에 세이프 타워 뒤쪽으로 물러나기 시작했다.

물러서는 병사들을 보는 순간 한성은 상대의 의도를 알아차렸다.

상대는 세이프 타워를 둘러 섬 전체를 아티팩트로 만들어 버린 것이다.

아티팩트는 플레이어들을 이동시켜 주는 이동 수단으로만 생각하고 있었는데 문제는 지금 같은 경우에는 아티팩트 안에 갇혀진 것이나 마찬가지였다.

즉 섬에서 벗어나지 못한다면 관리자가 설정해 놓은 곳으로 강제 이동 되는 것을 막을 수는 없다는 것을 의미했다.

연이어 모이고 모인 마나의 기운들은 섬 전체를 연결하고 있었고 마나의 기운이 섬 전체로 퍼져 나가기 시작했다.

섬에 있는 모든 자들의 귀속으로 기계음이 울려 퍼졌다.

[세이프 타워 작동합니다. 10, 9, 8, 7….]

지금 상황에서 세이프 타워의 작동을 멈출 수는 없었다.

촤아아아앗!

모두의 몸에서 빛이 나는 것과 동시에 순식간에 주변 환경은 바뀌었다.

바다의 기운이 느껴지는 가운데 혁명단들은 어리둥절한 표정을 짓고 있었다.

"여, 여긴?"

"이곳은 어디야? 던전은 아닌 것 같은데?"

"저기 컨트롤 타워가 보이는데?"

"저기가 아까 우리가 있던 곳 아니야?"

던전과는 다른 모습에 혁명단들은 어디인지 모르겠다는 표정을 짓고 있었는데 한성을 비롯한 몇몇 사람들은 지금 이곳이 어디인지 알고 있었다.

생존도.

이들은 바로 생존도 세이프 존 C로 돌아와 있었다.

웅성거리는 소리와 함께 생존도에 있던 플레이어들의 모습이 보였다.

이들 역시 갑작스럽게 나타난 혁명단에 놀란 표정을 짓고 있었는데 누군가 하늘을 가리키며 말했다.

"저, 저게 뭐야?"

허공에는 커다란 배리어가 생성되어지고 있었다.

"이, 이것은!"

지금 보이고 있는 배리어는 절대자가 있는 탑을 둘러싸고 있는 배리어와 똑같은 배리어였다.

즉. 배리어가 쳐진 이상 밖으로 나갈 수 없다는 것을 의미했다.

"이, 이런!"

한성이 움직이기도 전에 배리어는 생존도 전체를 덮어 버렸다.

배리어는 어떤 무기로도 파괴 될 수 없었다.

배리어를 파괴 시킬 수 있는 것은 상급 정수 밖에 없었다. 그리고 상급 정수는 생존도에서 구할 수 없었다.

즉, 외부의 도움 없이 지금부터 생존도로는 그 누구도 들어오거나 나올 수 없었다.

기계음이 울려 퍼졌다.

[올해 생존도 각성의 의무는 폐지합니다. 기존 플레이어들은 알아서 살아남으세요. 지금부터는 테러리스트 소탕 작전이 시작됩니다!]

곧이어 포돌스키의 목소리가 울려 퍼졌다.

[최한성씨? 들리시나요? 당신을 위해 파놓은 커다란 함정입니다. 당신 한명 잡으려고 이렇게 많은 병력을 동원할 줄은 몰랐어요. 반가운 얼굴들도 생존도에 미리 대기 시켜

두었으니 즐거운 시간 보내세요. 과거 생존도에서 느꼈던 절망을 다시 한 번 느껴 보세요.]

포돌스키의 목소리에 이어 마승지의 목소리가 이어졌다.

[감히 누구를 암살하려고 하는가. 네놈들은 처참하게 찢어져 죽일 것이다. 생존도의 벌레들과 같은 목숨이라는 사실을 느껴라! 신에게 대항하는 자에게 천벌이 떨어지리니!]

마승지의 말이 끝나는 순간 모두가 좌절하는 표정이 가득했다.

암살이 실패하고 컨트롤 타워의 점령 역시 실패했다.

배리어에 의해 고립된 생존도에서는 달아날 곳도 외부의 도움도 기대할 수 없었다.

철저하게 유린당한 느낌은 절대자가 말 그대로 넘을 수 없는 벽이라는 사실을 말해 주는 것 같았다.

한성은 주변을 살펴보았다.

세이프 타워에 미리 지정을 해 두었는지 이곳 세이프 존 C지역으로 전송된 자들은 하나 같이 혁명단원들 이었고 관리자들은 단 한명도 보이지 않고 있었다.

모두가 혼돈스러워 하고 있었지만 한성만큼은 눈빛을 빛내고 있었다.

"아직 끝난 게 아니다."

다른 이들과는 다르게 지금 한성에게는 절망스러운 표정이 없었다.

한성은 오히려 기회가 왔다는 것을 느끼고 있었다.

마승지와 포돌스키의 목소리가 들린다는 것은 이들 역시 생존도 안으로 들어왔다는 것을 의미했다.

직접 자신들의 손으로 끝내 버리려 이곳에 온 것이라 생각 했지만 반대로 생각하면 저들 역시 생존도 안에 갇혀 있다는 것을 의미했다.

물론 저쪽에게는 배리어를 언제든지 거둘 수 있겠지만 같은 공간에 있다는 사실은 최소한의 기회를 만들 수 있었다.

지금 자신에게는 최강의 검이 있었고 아직 숨겨둔 스킬들이 있었다.

한성이 말했다.

"미러 스킬. 사용가능한가? 제임스와의 연결은?"

산도발은 고개를 흔들었다.

산도발은 생존도 전역을 덮고 있는 자줏빛 배리어를 바라보며 말했다.

"저 배리어가 외부와의 연결되는 스킬까지 차단하고 있는 것 같다. 저 배리어가 사라지기 전 까지는 밖으로 나갈 수도 들어올 수도 없다."

산도발의 말에도 한성은 걱정하지 않았다.

배리어를 파괴 시킬 수 있는 유일한 수단은 상급 정수라는 사실을 제임스는 알고 있었고 제임스 역시 밖에서 움직이고 있을 것이 분명했다.

일단은 현 상황을 파악하는 것이 중요했다.

한성이 말했다.

"레이다 확인!"

레이다는 생존도 밖으로는 파악이 불가 했지만 안에서 만큼은 파악할 수 있었다.

"작동됩니다! 관리자 수 적어도 300명 이상으로 보입니다."

생각 보다 적은 병력이기는 했지만 숫자는 중요하지 않았다.

병력의 숫자 보다는 얼마나 강한 상대가 있는지가 중요했는데 레이다로는 상대의 실력을 파악할 수 없었다.

"우리 쪽은?"

한성은 혁명단들을 바라보았다.

대한민국 혁명단은 없었지만 마갈리, 빅터 같은 실력자들은 보이고 있었다.

"총 85명입니다."

많지 않은 숫자였지만 하나의 군단을 갖추기에는 충분한 숫자였다.

한성이 말했다.

"진형을 갖추어라. 선공이다."

한성의 지시에 병사들은 놀란 표정이 가득했다.

숫자가 부족한 것은 물론이고 사기마저 바닥에 떨어져 있는 상황에서 한성은 오히려 먼저 공격을 할 생각을 가지고 있었다.

모두가 당황해 하고 있었지만 산도발은 한성의 생각이 옳다는 듯이 선두로 서기 시작했다.

산도발은 거대 방패를 꺼내들며 말했다.

"서둘러라! 어차피 저쪽은 끊임없이 몬스터들을 보낼 수 있다. 움직이지 않으면 당하는 것은 순식간이야."

관리자가 생존도로 플레이어들을 데려온 이유가 이곳에 있었다.

관리자가 데리고 있는 병력은 단순히 몇 백 명에 불과 할지 몰라도 저들에게는 끝도 없이 몬스터를 보낼 수 있었다.

세이프 타워가 안전하다고 이곳에 머무르게 된다는 것은 오히려 살 수 있는 작은 기회를 스스로 날려 버리는 것이나 마찬가지였다.

산도발이 명령을 내렸다.

"탱커 계열 앞으로!"

거대 방패와 창을 든 혁명단들이 선두에 서기 시작했다.

뒤쪽으로 딜러들과 보조계들이 자리를 잡았고 곧바로 혁명단은 하나의 군단이 되었다.

선두에 선 한성이 외쳤다.

"전원 출발!"

❖

한성이 출발을 했던 바로 그 시각.

한성이 있는 곳과 정반대에 위치한 곳에는 마승지를 필두로 포돌스키가 미리 준비한 병사들을 준비시키고 있었다.

마승지가 말했다.

"마음에 들지 않아. 명색이 사도인 내가 이런 무더운 날씨에 이런 곳에 있어야 한다니 마음에 들지 않는 군. 그냥 단번에 가서 쓸어버리면 그만인데."

포돌스키가 말했다.

"아무리 하찮은 벌레라 하더라도 방심은 금물입니다. 또한 테러리스트 중에 최한성이라는 자는 건틀릿을 쓰러뜨린 자입니다. 결코 하찮게 볼 인물이 아닙니다."

포돌스키는 직접 눈으로 한성의 실력을 확인했지만 마승지는 전혀 한성의 실력을 본 적이 없었다.

포돌스키의 말에도 마승지는 크게 신경을 쓰지 않는 다는 듯이 말했다.

"그래…… 일본 혁명단 리더 양철웅을 매수해서 혁명단원들을 생존도로 끌어들인 후 배리어로 봉쇄하는 전략까지는 성공했다. 그렇다면 지금부터 자네의 계획은?"

"일단 생존도 최강의 NPC들을 대규모로 보냈습니다. NPC들은 레이다에 잡히지 않으니 이들은 눈치 채지 못할 겁니다. 몬스터를 해치웠을 시 드랍 되는 아이템 역시 사라지게 했습니다. 운 좋게 버틴다 하더라도 과거 생존도처럼 세이프 존에서 버티기만 한다면 결국 쓰러지게 될 겁니다."

"NPC로 쓸어버릴 수 없다면? 컨트롤 타워에서 보낼 수 있는 몬스터로는 최상위의 혁명단을 당해낼 수 없어. 더군다나 바보가 아니라면 죽을 때까지 세이프 존에서 마냥 머무르지는 않을 거다."

포돌스키는 여유 있다는 듯이 말했다.

"2차적으로는 스텔스 부대를 보냅니다. 아직까지 혁명단 중 스텔스 스킬을 가지고 있는 자들은 없으므로 반드시 성공할 거라 생각합니다."

스텔스 스킬. (Stealth Skill)

말 그대로 상대의 눈에 보이지 않게 자신의 몸을 감추는 스킬이었다.

상대가 볼 수 없다는 것은 상상을 초월할 정도로 압도적인 유리함을 가질 수 있었는데 현 상황에서 스텔스 스킬을 가진 자들은 극소수에 불과 했다.

스텔스 스킬이라면 자신도 어느 정도 믿을 수 있다는 듯이 마승지는 고개를 끄덕이고 있었다.

포돌스키가 말했다.

"그 이후에도 최종병기 에솔릿을 비롯하여 준비해 놓은 몇 가지가 있습니다만 그 단계 까지는 사용할 일은 없을 거라 생각 됩니다."

마승지가 정색을 하며 중얼거렸다.

"예상보다 국민들의 저항이 커졌다. 절대자께서 불편하게 생각하고 계신다. 더는 혁명이라는 말이 나오지 않도록 하도록!"

"알겠습니다."

그때였다.

레이다를 보고 있던 병사가 말했다.

"테러리스트 움직입니다! 곧장 이쪽으로 이동하고 있습니다!"

먼저 선공을 할 줄은 예상하지 못했다는 듯이 병사들 역시 놀란 표정을 짓고 있었다.

"오호."

포돌스키 역시 이렇게 빨리 혁명단이 움직일 줄은 상상하지 못했다는 듯이 놀란 탄성을 뱉어냈다.

마승지가 가벼운 웃음을 흘리며 말했다.

"훗! 자네 말대로 바보는 아니군."

대담하게 온다는 사실에 마승지는 벌써 상대가 어느 정도 되는 지 짐작할 수 있다는 듯이 중얼거렸다.

곧바로 마승지는 하늘에 펼쳐져 있는 배리어를 바라보며 말했다.

"배리어가 지속되는 것은 일주일뿐이다. 포돌스키 자네에게는 사도의 자리를 시험하는 테스트다. 반드시 혁명단을 전멸 시키도록!"

한성이 이끄는 군단은 마승지가 있는 곳을 향해 진격하고 있었다.

중간에 몬스터들이 튀어 나오고 있었지만 50레벨이 넘는 혁명단에게는 전혀 위협이 되지 않았다.

오히려 지금 상황에서는 몬스터의 기습 보다 스킬의 낭비와 체력이 떨어지는 것이 더 위험했다.

"진열을 흩뜨리지 마라! 속공 레벨 2 유지!"

"스킬을 낭비하지 마! 쿨 타임을 항상 머릿속에 두도록!"

몇 시간의 행군이 계속되던 중이었다.

앞쪽에서 먼지가 일어나기 시작했다.

"적 출현!"

"레이다에 잡히지 않았습니다!"

레이다에 잡히지 않았다는 것은 관리자가 아닌 NPC를 의미했다.

쿵! 쿵! 쿵! 쿵!

거대한 생명체가 움직이고 있다는 것이 느껴지는 듯이 땅의 울림이 전해져 오고 있었다.

뿌우우우우! 뿌우우우우!

괴물의 울음소리가 울려 퍼지는 순간 혁명단의 눈에는 상대 몬스터의 모습이 보이기 시작했다.

"앗! 저것은?"

갑자기 나타난 거대 괴수의 모습에 혁명단은 걸음을 멈추었다.

한성이 낮은 목소리로 말했다.

"전투 코끼리 그리고 바바리안이다."

대다수의 플레이어들에게 전투 코끼리는 처음 보는 몬스터였지만 한성은 전투 코끼리를 이미 파악하고 있었다.

전투 코끼리와 바바리안은 컨트롤 타워에서 만들어 낼 수 있는 최강의 NPC이었다.

전투 코끼리는 말 그대로 전투형으로 개량된 코끼리 이었는데 특유의 맷집으로 탱커 역할을 하는 존재였고 주로 성문을 파괴 할 때 쓰이는 몬스터였다.

코끼리의 두꺼운 가죽은 어중간한 공격으로는 찢을 수 없었고 저 레벨의 마법 역시 저항이 패시브로 깔려 있는 몬스터였다.

곧바로 한성의 시선은 바바라인에게 향했다.

전투 코끼리와 같이 등장한 바바리안들은 타워를 지키고 있는 가디언들의 업그레이드 버전이었다.

무조건 공격.

바바리안의 특징을 설명한 말이었다.

말 그대로 단순하게 공격만을 생각하는 바바리안들은 가디언과 똑같은 레벨, 그리고 똑같은 스킬들을 가지고 있었지만 가디언들과는 다르게 갑옷 같은 방어구는 일체 착용하지 않고 있었다.

방어구 대신 누더기 같은 옷만을 착용하고 있었으니 당연히 방어력은 낮았지만 대신 가디언에 비해 빠른 공격 속도를 낼 수 있었고 공격에만 초점을 맞춘 NPC들이었다.

두 손에 들고 있는 검과 도끼는 말 그대로 야만인의 공격성을 그대로 가지고 있었고 이들에게는 인간이 느끼는 두려움이라고는 전혀 없었다.

인공지능처럼 생각을 하고 공격과 수비를 하는 가디언보다는 무식했지만 공격만 가하는 소모품으로 생각한다면 가디언과는 비교할 수 없을 정도로 강한 위력을 뿜어냈다.

얼핏 보면 어울리지 않는 조합이라고 생각 될 수도 있었지만 사실 치밀한 계산이 깔려 있었다.

지금 상황에서 적군에게 탱커는 코끼리였고 딜러는 바바리안 들이었다.

"우와! 많다!"

코끼리의 숫자는 여섯 마리 밖에 없었지만 바바리안의 숫자는 수백 명에 가까워 보였다.

탱커 역할을 하는 거대한 코끼리를 필두로 상대의 방어벽을 부숴 버린 후 바바리안들이 결정타를 날리는 작전이었는데 한성이 앞으로 나서는 순간 산도발이 따라 나서며 말했다.

"마갈리! 우리쪽 탱커들에게 버프를! 제니퍼와 빅터는 나와 함께 코끼리를 맡는다!"

곧바로 마갈리의 버프가 방패를 들고 있는 탱커들 위로 내려앉았다.

버프의 힘이 전해져 오고 있었지만 탱커들은 여전히 불안감을 감추지 못하고 있었다.

그도 그럴 것이 지금 눈앞에는 작은 건물 크기의 전투 코끼리들이 빠른 속도로 달려오고 있었다.

바바리안이라면 몰라도 달려오는 코끼리와 부딪친다면 어떤 결과가 나올지 이미 모두가 알고 있었다.

뿌우우우! 뿌우우우우!

전투 코끼리들 역시 혁명단을 보았다는 듯이 울부짖었다.

울부짖는 소리가 마치 신호처럼 바바리안들은 코끼리 뒤로 빠지기 시작했다.

바바리안들이 뒤로 빠지자 탱커가 길을 열겠다는 듯이 선두의 코끼리들은 맹렬한 기세로 돌격해오기 시작했다.

제니퍼가 진형 안쪽에 있는 마법계 딜러들을 바라보며 말했다.

"마법계 준비! 메즈로 코끼리의 움직임을 봉쇄한다! 장거리 딜러들 준비!"

제니퍼의 지시에 한성은 고개를 가로 저으며 말했다.

"아니, 이곳에서 스킬들을 낭비할 수는 없다. 또한 지금 들고 있는 크로스 보우 가지고는 저 두꺼운 피부를 뚫을 수 없다. 검으로 직접 상대한다."

한성의 말에 제니퍼는 당황했지만 산도발은 검을 꺼내 들며 자신의 곁에 있는 빅터와 제니퍼에게 말했다.

"총 여섯 마리다. 공평하게 우리가 한 마리씩! 그리고 나머지 세 마리는 우리 리더에게 맡긴다!"

한성은 담담한 표정을 지으며 중얼거렸다.

"공평하군."

짧게 말을 마친 한성은 달려 나가기 시작했다.

뿌우우우! 뿌우우우!

선두로 달려 나간 한성에게 반응을 한다는 듯이 코끼리들은 코를 들어 올리며 괴성을 내질렀다.

삐죽 튀어 나온 날카로운 상아가 반짝이는 가운데 달려 나간 한성은 검을 빼어 들었다.

수많은 스킬들이 있었지만 마승지와 포돌스키가 남아 있기 때문에 함부로 쓸 수는 없었다.

제일 먼저 선택한 스킬이 발산 되자 반달 모양의 검기가 검에서 뿜어져 나갔다.

'달빛 베기!'

촤아아아앗!

과거 한성이 생존도에서 사용했던 달빛 베기 스킬이었다.

지금 사용할 수 있는 스킬 중에 비교적 저 레벨 스킬 이었지만 그 위력만큼은 과거와는 차원이 달랐다.

지금 한성의 레벨은 그때와는 비교할 수 없을 정도로

높았고 사용하고 있는 검의 수준 역시 비교할 수 없는 검이었다.

레벨의 힘과 검의 힘이 더해진 달빛 베기는 과거 가디언들을 찢었던 달빛과는 비교 할 수 없을 정도로 거대한 달빛의 기운을 만들어 냈다.

촤아아앗!

지상을 가르며 뻗어나간 날카로운 반달은 그대로 코끼리의 몸에 명중되었다.

퍼어어어억!

달려오는 코끼리 크기에 맞먹는 달빛의 기운은 선두에서 달려오는 코끼리의 살을 베고 뼈를 부숴버렸다.

쿠웨에에에에엑!

'하나!'

흰 뼈를 드러내며 코끼리는 그대로 쓰러져 버렸고 코끼리 시체를 지나쳐 간 한성의 손에는 어느새 체인이 장착되어 있었다.

한성의 양 손이 움직이는 것과 동시에 양 손에 장착된 체인은 각기 다른 방향으로 뻗어나가기 시작했다.

촤아아아앗!

늘어난 체인이 노린 곳은 코끼리의 다리였다.

휘리리리릭!

체인은 뱀의 움직임처럼 코끼리의 다리를 감아 버렸고 코끼리의 거대한 힘이 전해져 오는 순간 체인에 엉켜 버린 코끼리는 그대로 다리가 꼬이며 순식간에 두 마리의 코끼리들은 그대로 쓰러져 버렸다.

콰과과광!

두 마리의 코끼리가 먼지를 휘날리며 쓰러지는 순간이었다.

어느새 한성의 몸은 쓰러진 코끼리 위에 올라가 있었다.

자신의 기억대로 전투 코끼리의 이마 부분에는 작은 다이아몬드의 문양이 보이고 있었다.

'약점!'

유니크 검은 가차 없이 코끼리의 머리를 관통했다.

'둘!'

푸우우우욱!

그토록 강인하고 질긴 코끼리 피부 이었지만 한성의 검은 두부를 찌르듯이 깊숙이 박히고 있었다.

코끼리의 약점 부위에 검을 찔러 넣은 한성은 곧바로 곁에 쓰러진 코끼리로 향했다.

'셋!'

쓰러져 있던 코끼리는 어느새 몸을 일으키고 있었다.

'화염!'

과거 캐논 플라워를 불태워 버렸던 화염 스킬이 코끼리의 얼굴로 향했다.

화르르르릇!

화염은 식물계가 아닌 동물계에게도 상극이었다.

화염으로 코끼리를 태워 버릴 수는 없었지만 코끼리의 시야를 가리기에는 충분했다.

'도약!'

화염에 겁을 먹은 코끼리가 순간 적으로 멈칫 거리는 순간 뛰어 오른 한성의 검은 정확하게 이마의 다이아몬드를 향해 찔러 들어갔다.

푸우우욱!

불필요한 힘을 낭비하지 않는 다는 듯이 한성의 검은 정확하게 약점 부위에 꽂혔고 순식간에 세 마리의 코끼리들은 쓰러지며 사라져 버렸다.

'아무것도 나오지 않는다!'

이 정도로 강한 몬스터를 잡는다면 적어도 쓸 만한 아이템이 나와야 했는데 미리 세팅을 해 두었다는 듯이 일체의 아이템도 나오지 않고 있었다.

곧이어 한성은 산도발 일행을 바라보았다.

이들은 각각 한 마리씩 붙잡고 있었는데 무기를 꺼내들고 있는 다른 두 명과는 다르게 산도발은 의외로 거대 방패를 앞세우고 있었다.

'오호. 머리 부분이 약점이군.'

쿵! 쿵! 쿵! 쿵! 쿵!

집 채 만한 코끼리가 달려오고 있었지만 산도발은 정면으로 코끼리를 받겠다는 듯이 방패를 앞세우며 제 자리에 서 있었다.

파앗! 파앗! 파앗!

방패에서 짧은 빛이 반사되듯이 코끼리의 눈을 향해 번쩍거렸다.

'도발 스킬!'

얼핏 보면 제자리에서 방패를 들고 서 있는 것으로 보였지만 실제 방패에서는 끊임없이 빛이 번쩍이며 달려오고 있는 코끼리를 자극하고 있었다.

지금 산도발이 사용하고 있는 스킬은 도발 스킬로 도발 스킬은 NPC들의 공격성을 자신에게 끌어당기는 기능이 있었다.

산도발의 도발 스킬에 걸린 코끼리는 산도발만이 보인다는 듯이 방향을 바꾸며 전력으로 달려오기 시작했다.

당장이라도 코끼리의 몸집에 깔릴 것 같은 상황에 산도발의 방패 전체에서 빛이 감돌았다.

촤아아앗!

전설 등급의 방패는 은색의 기운을 발산하고 있었다.

'반사스킬!'

방패 스킬 중에 상대의 힘을 반사시키며 튕겨 내는 스킬이 있었다.

무기를 든 상대에게는 전혀 사용할 수 없는 스킬이었지만 지금처럼 맹목적으로 달려오는 코끼리에게는 더없이 유리한 스킬이었다.

한성은 생각했다.

'상대의 물리적인 힘을 반사시킬 수 있다. 하지만 일단 튕겨내기 위해서는 버텨야 한다! 버틸 수 있는가?'

상대에게 받은 힘을 되돌린다 하더라도 일단 한방은 버텨내야 했다.

산도발이 외쳤다.

"마갈리! 1초 홀딩!"

후방에 있던 마갈리의 스태프에서 빛이 나는 것과 동시에 산도발의 다리에서 빛이 번쩍였다.

"홀딩?"

메즈나 홀딩 같은 스킬은 상대를 붙잡을 때 사용하는 스킬이었는데 산도발은 스스로 자신에게 홀딩을 걸어 자신의 몸을 지상에 고정 시키고 있었다.

코끼리가 산도발의 방패에 부딪치는 순간이었다.

콰과과과광!

산도발은 제 자리에 꼼짝도 하지 않고 있었고 코끼리는 오히려 반사된 자신의 힘에 의해 튕겨나가고 있었다.

마치 스턴 스킬에 걸린 듯이 코끼리는 주저앉아 버렸고 산도발은 꺼내든 단검으로 코끼리의 이마의 약점 부위를 가볍게 찔러 넣었다.

'하나 같이 NPC에게만 유효한 스킬들을 사용했다.'

산도발 역시 포돌스키와 마승지의 대결을 생각하고 있다는 듯이 지금 사용한 스킬들은 하나 같이 NPC에게만 효과를 낼 수 있는 스킬들만을 사용하고 있었다.

이미 세 마리의 코끼리를 쓰러뜨린 한성을 본 산도발이 중얼거렸다.

"이거 공평하지 않잖아? 이럴 줄 알았으면 여섯 마리 모두 다 넘길걸 그랬군."

산도발이 웃어 보이며 말하고 있던 그때였다.

제니퍼의 다급한 목소리가 들려왔다.

"도, 도와줘요!"

산도발과 다르게 빅터와 제니퍼는 애를 먹고 있었다.

빅터는 사정없이 도끼질을 하며 코끼리의 몸을 토막 내겠다는 듯이 내리찍고 있었는데 코끼리의 체력은 끝도 없다는 듯이 피 범벅이 된 상황에서도 빅터에게 달려가고 있었다.

거대 방패와 도끼를 무기 삼아 빅터는 마치 코끼리와 힘겨루기를 한다는 듯이 무식하게 정면으로만 상대하고 있었는데 산도발이 소리쳤다.

"멍청아! 정면으로 승부를 하면 어떻게 해! 이마의 약점 부위를 노리지 않으면 네 체력이 먼저 고갈 될 거다!"

산도발의 말에도 불구하고 빅터의 정면으로 승부하는 법밖에는 모른다는 듯이 도끼질을 연이어 하고 있었는데 짧은 도끼가 닿기에 코끼리는 너무 거대했다.

한성의 시선은 제니퍼에게 향하고 있었다.

제니퍼는 늘어난 채찍으로 코끼리의 몸을 붙잡고 있었는데 채찍에서는 전류가 흘러내려 코끼리의 몸을 마비시키고 있었다.

거대 전류가 채찍을 타고 가며 코끼리의 움직임을 봉쇄하는 것 까지는 좋았지만 코끼리를 붙잡고 있는 탓에 다른 스킬을 사용할 겨를이 없었다.

그때였다.

"우워어어어!"

뒤쪽에서 바바리안들이 달려오고 있는 모습이 보였다.

코끼리들을 제압하지 못한 상황에서 바바리안들까지 상대할 수는 없었다.

더 이상 시간을 끌 수는 없었다.

한성은 곧바로 외쳤다.

"궁수들! 코끼리의 이마 부분을 노려라! 그곳이 약점이다!"

아직 두 마리의 코끼리는 제압되지 않고 있었지만 빅터와 제니퍼에 의해 붙들려 있는 상황이었다.

달려오는 코끼리가 아닌 지금처럼 움직임이 고정된 코끼리는 그대로 이마의 약점 부위를 드러내고 있었다.

방패 뒤쪽에 대기하고 있던 포인터의 불빛이 코끼리의 이마 부분으로 향했다.

"사격!"

피슝! 피슝! 피슝!

하늘로 솟구친 마나의 기운들은 포인터가 노리고 있는 곳으로 꺾이며 코끼리의 이마로 몰려들었다.

파바바바박!

한두 발로는 결코 뚫을 수 없는 두꺼운 코끼리의 피부 이었지만 한발 한발 쌓인 마나탄들은 조금씩 조금씩 코끼리의 몸을 파고들고 있었고 수 백발이 명중되는 순간 마침내 코끼리의 이마 부분에서 피가 터지기 시작했다.

꾸에에에에엑!

힘없는 비명을 내지르며 코끼리들이 모두 다 쓰러지는 순간이었다.

"옵니다!"

후방에 있던 바바리안들이 달려오고 있었고 앞쪽에서 코끼리들을 상대하던 네 명의 사람들은 재빨리 방패병 안쪽으로 들어왔다.

한성 일행이 진형 안으로 들어오자 방패병들은 굳게 문을 닫았고 최대한 방어선을 길게 늘어뜨리며 바바리안들을 맞이했다.

한성이 외쳤다.

"방어 스킬!"

촤아아아앗!

버프의 힘을 받은 방패에서 스킬이 번쩍이기 시작했다.

콰과과광!

달려온 바바리안들이 방패에 부딪치는 순간 바바리안들의 몸이 허공으로 솟구쳤다.

전투 코끼리였다면 지금처럼 막는 것이 어림없었겠지만 바바리안 정도라면 충분히 막아내고도 남을 힘이었다.

산도발이 외쳤다.

"공격!"

방패 틈 사이에서 창이 뻗어 나왔고 허공으로는 크로스보우의 탄환이 솟구쳤다 떨어지고 있었다.

파바바바방!

전투 코끼리가 없는 이상 바바리안들은 결코 버프의 힘을 받은 방어벽을 뚫지 못했다.

탱커 없이 딜러들로만 달려든 모양새 이었고 바바리안의 숫자는 수백 명이 넘었지만 방어력이 약한 바바리안들로는 결코 굳게 닫혀 있는 방패의 문을 열 수는 없었다.

어느 정도 바바리안의 기세가 꺾이는 순간이었다.

"전군 돌격!"

산도발의 외침에 방패의 문이 열리고 혁명단원들은 뛰쳐나오며 바바리안들을 학살하기 시작했다.

일방적으로 무너지는 상대의 기세에 혁명단원들은 신이 났다는 듯이 무기를 휘두르고 있었고 가장 앞으로 달려 나가며 검을 휘두르고 있던 한성이 외쳤다.

"스킬을 낭비하지 마! 단순한 공격으로 제압한다!"

지금 이들은 마승지의 암살과 컨트롤 타워 점령을 위해 움직였던 혁명단의 정예였다.

스킬이 사용되지 않은 공격이라 하더라도 이미 최고조로

오른 혁명단의 사기는 바바리안들을 제압하기에 충분했다.

한성의 유니크 검이 확장 되는 순간 십여 명의 바바리안들이 허공으로 날아가기 시작했고 혼다의 창이 휘날릴 때마다 바바리안들의 피부는 찢어지고 있었다.

산도발은 천천히 단검을 휘두르고 있었는데 가볍게 단검을 움직일 때 마다 바바리안들의 목이 분리되어 땅으로 떨어졌다.

제니퍼의 늘어난 채찍은 바바리안들을 튕겨내고 있었고 빅터는 코끼리를 잡지 못한 분풀이를 하겠다는 듯이 마구잡이 식으로 도끼를 휘두르고 있었다.

한성을 필두로 산도발, 빅터, 제니퍼, 그리고 혼다가 보여주고 있는 실력은 혁명단의 사기를 더욱더 높게 하고 있었고 애초부터 방어력은 생각하지 않는 바바리안들은 탱커가 무너진 이상 제대로 힘을 낼 수 없었다.

어느덧 들판에는 바바리안들의 시체만이 가득했다.

전투가 끝났지만 휴식을 취할 새도 없이 한성은 진군을 알렸다.

"진군이다! 속공 레벨 3! 속도를 높인다!"

시간을 지체하면 지체할수록 불리한 쪽은 혁명단 쪽이었다.

혁명단은 쉴 새 없이 두 시간을 달렸고 그제야 한성은 병사들에게 휴식을 취할 시간을 주었다.

❖

한성 일행이 첫 번째 관문을 돌파한 것은 세이프존 A지역에서 레이다를 주시하고 있던 포돌스키 역시 알고 있었다.

레이다에서는 남쪽에서 이곳 북쪽 세이프존 A지역을 향해 오고 있는 혁명단들이 빛을 발산하고 있었다.

단 한 개의 점도 꺼지지 않았다는 것은 피해가 전혀 없다는 것을 의미했다.

단 한명의 피해도 없다는 사실에 관리자들은 술렁거렸다.

"세, 세상에."

"이, 이럴 수가!"

한쪽에서 지켜 보고 있는 마승지를 의식해서인지 관리자들은 작은 목소리로 속삭이듯이 말하고 있었지만 표정은 크게 당황했음을 숨기지 못하고 있었다.

전투 코끼리와 바바리안의 조합은 결코 쉽게 깰 수 있는 조합이 아니었다.

혁명단을 생존도에 가둔 다음에 벌어질 일들은 이미 시뮬레이션을 통해 계산을 한 것 이었는데 처음부터 계획은 빗나가 버리고 말았다.

마승지는 담담하게 말했다.

"첫 번째는 실패했군. 이렇게 빨리 끝났으니 스킬을 낭비시키지도 못했겠군. 혁명단이 강한거라고 생각하기는 싫다. NPC와 계획을 세운 자들이 형편없다고 생각하는 것이 더 편할 것 같군."

마승지의 말에는 가시가 돋혀 있었다.

이건 계획을 구상한 포돌스키를 질책하는 말이었다.

곁에 있던 포돌스키가 답했다.

"죄송합니다. 전투 코끼리와 바바리안들은 상대가 성채에서 수비를 하고 있을 거라 예측하고 만들어 놓은 부대였습니다. 상대가 이렇게 까지 빨리 치고 나올 줄은 예측하지 못했습니다. 하지만 이제 곧 스텔스 부대가 움직이니 더 이상은 걱정하지 않으셔도 될 것 같습니다. 스텔스 부대에게는 이미 제거할 대상을 알려 두었습니다."

"과연 그럴지 한번 보도록 하지."

마승지는 시큰둥하게 말했고 곧바로 포돌스키가 명령을 내렸다.

"스텔스 부대에게 행동을 개시하라 알려라!"

곧바로 부하들은 신호를 보내기 시작했고 이번 공격만큼은 다르다는 듯이 이들의 표정에는 자신감이 넘쳐 있었다.

두 번째의 공격 카드는 스텔스 카드였다.

비장의 카드였다.

❖

한성 일행이 잠시 휴식을 취하는 가운데 얼마 떨어지지 않은 벌판 위에는 열두 명의 사람들이 레이다를 확인하고 있었다.

열두 명의 소규모 군단은 하나 같이 가죽옷과 단검을 무기로 하고 있는 암살자 복장을 하고 있었는데 이들이 바로 스텔스 부대였다.

레이다에서 혁명단의 움직임이 멎자 스텔스 부대의 리더는 입을 열었다.

"계획이 약간 틀어지기는 했지만 출발한다!"

원래 계획은 코끼리 부대와 바바리안들이 성채를 제압하고 있을 때 혼란한 틈을 타서 한성을 암살하는 것이 계획이었는데 의외로 코끼리 부대와 바바리안들은 전멸을 한 상황이었다.

시선을 혼란스럽게 해 줄 NPC들이 사라졌지만 이들에게 당황함은 없었다.

지금 이들은 자신들이 최강의 스킬을 가지고 있다고 생각하고 있었다.

"스킬 사용한다!"

리더의 지시에 스텔스 단원들은 일제히 스킬을 사용하기 시작했다.

〈스텔스 스킬. Stealth Skill〉

설명: 15분 동안 모습을 감출 수 있습니다. 일반 레이다로는 감지할 수 없습니다. 쿨 타임 12시간.

특징: 모습을 감추기는 하지만 미세한 공기의 움직임과 부딪치는 사물의 움직임 까지는 감출 수 없습니다. 미리 지정한 동료들과는 서로의 모습을 볼 수 있습니다. 상대방에게 공격을 가하거나 받으면 그 즉시 스텔스 스킬은 사라집니다.

스텔스 스킬을 사용하자 이들은 마치 투명인간이 된 것처럼 언제 있었냐는 듯이 곧바로 모습을 감추어 버렸다.

모습은 감추어 졌지만 움직이고 있다는 사실을 말해 주는 듯이 지상으로는 이들이 발자국들이 연이어 찍히고 있었다.

스텔스 스킬은 아직 대중화가 되지 않은 스킬이었다.

훗날 스텔스 스킬을 감지할 수 있는 스킬들이 나오고 특수 레이다 역시 발명 되었지만 지금 시점에서는 스텔스 스킬의 존재 자체를 모르는 이들이 대부분이었다.

지금 시점에서 스텔스 스킬의 가장 무서운 점은 모습을 감춘다는 사실이 아니었다.

현 상황에서 스텔스의 가장 무서운 점은 스텔스 스킬이라는 것 자체가 존재한다는 것을 아는 이가 없다는 점이었다.

스텔스 스킬이 있다는 것을 아는 사실과 모르고 있다는 사실에는 어마어마한 차이가 있었다.

상대방이 눈 앞 까지 다가왔음에도 정체를 알아차리지 못한다는 것은 치명적인 일 이었고 현 상황에서 스텔스 스킬은 암살에 더없이 좋은 스킬이었다.

그 탓에 포돌스키는 한성만을 암살하려 스텔스 부대를 동원한 것이다.

다만 포돌스키는 한 가지 모르고 있는 사실이 있었다.

그것은 바로 한성은 스텔스 스킬을 알고 있다는 사실이었다.

스텔스 단원들이 다가오고 있을 때 한성은 북쪽을 바라보고 있었다.

운명의 장난이었을까?

공교롭게도 마승지와 포돌스키가 있는 곳은 자신이 과거 생존도에서 비참함을 겪었던 세이프 존 A지역구였다.

복수를 할지 또 다른 비극을 만들지는 알 수 없었지만 산도발을 비롯하여 지금 곁에 있는 혁명단들은 그 어느 때보다 든든하게 자신을 받쳐주고 있었다.

산도발이 말했다.

"잠시 후 출발한다! 준비하도록!"

그때였다.

레이다로 주변의 경계를 살펴보고 있던 병사 한명이

의아하다는 듯이 말했다.

"잘못 본 건지 모르겠습니다만 분명 근처까지 보였던 적들이 갑작스럽게 사라졌습니다. 열두 명 정도였는데 어떻게 된 건지 모르겠습니다."

레이다에서 사라졌다는 것은 플레이어가 죽었거나 타 지역으로 이동했다는 것을 의미했다.

관리자가 보낸 자들이 몬스터에게 죽었을 리는 없었고 배리어가 생성되어 있는 지금 이동은 더더욱 불가능했다.

아무리 사소한 일이라 하더라도 그냥 지나 칠 수는 없었다.

한성이 물었다.

"어느 쪽이었는가?"

병사가 말했다.

"저쪽입니다."

한성은 레이다의 점들이 사라진 쪽을 바라보았다.

눈에는 아무것도 보이지 않고 있었으나 한성은 여전히 시선을 떼지 않고 있었다.

그때였다.

허공에서 물결 치 듯이 무언가 흔들리는 듯 한 모습이 보였다.

아주 잠깐이었지만 한성은 그 찰나의 움직임을 놓치지 않았다.

이렇게 눈에 보이지 않는 공기가 움직이는 듯이 보이는 모습은 단번에 어떤 스킬인지 알 수 있었다.

'스텔스?'

과거 회귀 전 많이 보았던 스텔스 스킬이었지만 이 시점은 자신이 알고 있던 시점 보다 훨씬 더 이른 시점이었다.

한성은 본능적으로 지상을 바라보았다.

분명 다가오는 자들은 아무도 없었지만 지상의 작은 돌멩이들과 잎사귀들이 무언가 에게 밟혔다는 듯이 움직이고 있는 것이 보였다.

확인을 해 보겠다는 듯이 한성은 스킬을 발산 시켰다.

'클리어 아이! Clear Eye!'

과거 생존도에서 에솔릿이 숨어 있던 플레이어를 찾을 때 사용했던 스킬이었다.

한성의 눈이 번쩍 거리는 순간 멀리 앞에서 레벨이 적힌 숫자들이 보이고 있었다.

'보인다!'

클리어 스킬을 사용한다 하더라도 스텔스 스킬로 모습을 감춘 자들의 모습을 볼 수는 없었지만 상대의 레벨은 똑똑히 보이고 있었다.

레벨들은 점점 더 다가오고 있었다.

"뭐, 뭔가?"

"뭡니까?"

아무도 없는 허공을 향해 바라보고 있는 한성이 이상한 듯이 산도발과 혼다가 물었다.

한성이 한쪽 손을 들어 올리며 말했다.

"궁수들 앞으로! 다른 이들은 아무 일도 없는 것처럼 행동한다."

아무도 보이지 않고 있었지만 한성이 지시를 내리자 궁수들은 놀란 표정을 짓고 있었다.

산도발은 시선을 돌리며 말했다.

"누군가 오고 있군."

혼다 역시 느낀다는 듯이 말했다.

"발걸음 소리가 들립니다. 대략 열 명 정도로 들리는군요."

스텔스 스킬이라 하더라도 완벽한 것은 아니었다.

한성이 사용한 클리어 아이 스킬로 확인할 수 있었고 산도발처럼 감각을 극대화 시키는 스킬이나 혼다의 청각 스킬이 있다면 접근을 파악할 수 있었다.

한성은 태연한 척 시선을 돌리며 검을 꺼내들었다.

'예상보다 빠르게 스텔스 스킬을 획득하였군. 하지만 잘 못 왔다. 아까 코끼리 부대와 같이 왔었어야 했어.'

궁수들이 앞으로 온 상황에서 산도발이 물었다.

"눈에는 보이지 않는데 어떻게 할 거지? 나는 감각으로 잡아낼 수 있지만 병사들은 파악할 수 없을 것 같은데?"

"아니 이곳에서 스킬을 낭비할 수는 없다."

곧이어 한성은 궁수들을 향해 말했다.

"가장 위력이 강한 장궁을 꺼내 들도록. 언제라도 발사할 준비를 갖춘다! 적의 모습이 나타나면 그대로 갈긴다!"

한성의 지시에 따라 궁수들은 장궁을 꺼내 들었고 성인 팔 만한 화살을 장전하고 있었다.

곧바로 한성은 근처에서 흐르고 있는 개울가로 다가갔다.

마치 아무것도 느끼지 못한다는 듯이 한성은 땅 바닥을 바라보고 있었는데 그의 검끝이 흐르고 있는 개울 속으로 살짝 파묻히고 있었다.

한성이 눈치 챘음도 모른 채 스텔스 단원들은 조심스럽게 한성을 향해 다가오고 있었다.

모두의 시선은 한성에게만 향하고 있었다.

'저놈이군.'

다른 병사들은 바라보지도 않고 있었다.

한성을 비롯하여 이들은 지정된 혁명단의 리더들을 노리며 단검을 꺼내 들었고 어느새 10M이내의 거리까지 접근한 상황이었다.

그때였다.

땅속 깊숙이 검을 집어넣고 있던 한성의 검이 허공으로 솟구쳤다.

촤아아아아앗!

지금 뿜어져 나간 기운은 마나의 기운이 아니었다.

개울의 자갈들과 진흙, 그리고 물은 피할 곳을 만들어 주지 않은 채 사방으로 펼쳐지며 떨어지고 있었다.

지금 필요한 것은 상대의 몸을 드러나게 하는 것뿐이었다.

진흙과 물을 머금은 스탤스 단원들은 그대로 모습을 드러내게 되었다.

"허어어억!"

놀란 비명이 들리는 순간 한성이 외쳤다.

"갈겨!"

휙! 휙! 휙! 휙! 휙!

대기하고 있던 궁수들이 활을 쏘기 시작했다.

벼락같이 쏴 대는 화살들을 피할 여유는 없었다.

당연히 모를 줄 알고 무방비 상태에서 다가왔는데 이렇게 갑작스럽게 공격을 당하자 오히려 당황한 쪽은 스탤스 군단 쪽이었다.

스탤스 스킬은 상대에게 기습을 했을 때 그 위력을 최대한도로 발휘할 수 있는 스킬 이었는데 암살을 시도하기도 전에 지금처럼 스탤스 스킬이 드러나는 것은 치명적이었다.

퍽! 퍽! 퍽! 퍽! 퍽!

화살이 가죽을 뚫으며 몸에 박히는 소리가 연이어 울려 퍼졌다.

화살에 명중된 자들은 하나 둘 씩 모습을 드러내게 되었고 비명 소리가 울려 퍼졌다.

"크어아아악!"

순식간에 절반가량의 스텔스 대원이 쓰러졌다.

"실패다! 달아낫!"

화살 공격에서 살아남은 자들이 재빨리 달아나려는 순간이었다.

"어딜 감히!"

어느새 다가온 빅터는 도끼를 내리찍고 있었고 혼다의 창과 함께 마나탄들이 쏟아지기 시작했다.

이들 대부분은 은신을 위해 갑옷과 방패 대신 가죽 방어구를 사용하고 있었는데 지금 상황은 탱커 앞에 딜러가 맨몸으로 드러난 상황이나 마찬가지였다.

자신들의 몸이 드러난 순간 이들은 일개 바바리안보다도 못한 일개 병사에 지나지 않았다.

"어, 어, 어어!"

순식간에 몰살당하는 대원들의 모습에 당황한 리더가 어쩔 줄 모르고 있던 그때였다.

어느새 자신의 앞으로는 한성이 검을 들고 나타나 있었다.

"지옥으로 사라지도록!"

촤아아아앗!

한성의 검에서 빛이 번쩍이며 최후로 남은 스텔스 리더의 머리가 몸과 분리되고 있었다.

❖

단숨에 스텔스 군단을 제압한 혁명단이 또 다시 진군하
는 순간 세이프 존 A 지역에는 침울한 목소리가 울려 퍼졌
다.

"스텔스 군단 전멸했습니다. 테러리스트의 희생은 전혀
없습니다!"

두 번째 계획 역시 철저하게 실패해 버렸다.

코끼리 부대와 마찬가지로 지금 스텔스 부대의 공격 역
시 상대에게는 전혀 피해를 주지 못했다.

레이다에서 보이고 있는 점들은 전혀 줄어들지 않은 상
태로 이곳 세이프 존 A지역으로 북상하고 있었다.

마승지의 얼굴은 굳었고 지금까지 여유 있었던 포돌스키
역시 표정에 변화가 생겼다.

리더들의 분위기는 그대로 병사들에게 전해지게 되었다.

레이다를 관찰하고 있는 병사들의 목소리에도 당황함이
느껴지고 있었다.

"테러리스트! 속공 3으로 북상하고 있습니다! 이 속도라
면 한 시간 이내에 도착할 거라 생각됩니다!"

전투 코끼리와 바바리안 정도는 이해 할 수 있었지만 비
장의 무기인 스텔스 군단이 그대로 전멸했다는 사실은 전
혀 이해 할 수 없었다.

마승지는 한탄 하듯이 포돌스키를 바라보며 중얼거렸다.

"유능한 인재인줄 알았거늘. 역시 믿을 건 내 직속 부하 밖에 없단 말인가."

"……."

포돌스키는 침묵했다.

지금 상황에서는 그 어떤 말을 해도 변명으로 밖에 들리지 않을 것이 분명했고 그 보다 포돌스키는 다른 생각을 하고 있었다.

'스텔스 스킬은 극비의 스킬이다. 이걸 알아차렸다는 것은 있을 수 없는 일. 역시 그 사내에게는 내가 모르는 무언가가 있다! 이것 때문에 절대자께서 내게 비밀 메시지를 보낸 건가?

혁명단의 리더들은 대충 파악하고 있었고 가장 경계를 할 인물은 한성이라는 사실 역시 알고 있었다.

던전에서 건틀릿을 쓰러뜨렸을 때만 하더라도 단순히 운이 좋았던 것으로 생각했었다.

허나 지금 생각해 보면 이 자는 결코 운으로 이곳 까지 온 사내가 아니었다.

더군다나 절대자가 직접 자신에게 비밀 지시를 내린 것은 더더욱 의외의 일이었다.

'과민하게 반응을 한 것 일지 몰라도 어쩌면 이 사내는 내 상상을 훨씬 더 뛰어넘을지 모른다.'

생각 보다 사태가 심각해 진 것을 느낀 포돌스키가 침묵하고 있을 때였다.

포돌스키의 직감은 위험을 감지하고 있었지만 마승지는 불길함 보다는 답답함을 느낀다는 듯이 입을 열었다.

"우사! 리키!"

마승지의 외침에 그의 뒤에 있던 두 사내가 앞으로 나섰다.

지금까지 존재조차 느껴지지 않을 정도로 조용히 있던 사내 두 명이 앞으로 나서자 자연스럽게 모두의 시선이 이 둘에게로 향했다.

'이들은?'

두 명의 사내는 마승지의 직속 경호원으로 그 실력은 베일에 가려 있는 인물이었다.

우사는 마승지 보다 나이가 많아 보이는 노인 이었는데 지팡이를 들고 있는 겉모습만 보아서는 마법계로 보였다.

반면에 리키는 스텔스 단원처럼 전형적인 암살자의 모습을 하고 있었다.

마승지가 말했다.

"자네들도 언제까지 경호원 노릇이나 할 수는 없지 않는가? 관리자 자리 정도는 올라야 되지 않겠어?"

마치 마승지는 포돌스키가 들으라는 듯이 말하고 있었다.

곧바로 마승지가 명령을 내렸다.

"이곳에서 경호는 필요 없다. 가서 벌레들을 최대한 고통스럽게 죽여 버리고 오도록!"

단 두 명이었지만 마승지의 말이 절대적이라는 듯이 이들은 주저 없이 움직이기 시작했다.

두 사내가 시야에서 사라지자 곧바로 마승지는 포돌스키를 향해 말했다.

"계획이란 건 말이야. 아주 철저하게 세워야 해. 때로는 우리 편도 모를 정도로 계획을 세워야 한다고."

무슨 뜻인지 모르겠다는 듯이 포돌스키가 바라보자 마승지는 앞쪽에서 달려 나가고 있는 두 명의 경호원을 가리키며 말했다.

"우사와 리키. 지금 저 두 명은 자네의 자리를 노리고 정신이 없이 가고 있다네. 두 명 모두 실력은 뛰어나지만 상대는 단 한명의 피해도 없이 스텔스 부대를 궤멸 시킨 자야. 저 둘로는 이길 수 없겠지."

포돌스키가 의아한 눈빛으로 말했다.

"그렇다면?"

"저 둘은 시선을 끌기 위한 미끼. 그 이상도 그 이하도 아니야."

곧이어 마승지는 직접 나서겠다는 듯이 갑옷을 챙겨 입기 시작했다.

머리부터 발끝까지 현존하는 최강의 무기와 방어구를 갖추어 입은 마승지가 말했다.

"상대도 레이다를 보고 있을 거다. 단 두 명이 나와 있다면 의심을 하겠지? 그 의심이 해결되었다고 생각 될 때 적은 빈틈을 보인다. 그때 나서는 거다. 간만에 실력 발휘를 해 보겠군."

몸이 근질거린다는 듯이 양 손을 쥐어 보이고 있는 마승지를 바라보며 포돌스키가 물었다.

"직접 나가실 겁니까?"

사도가 직접 나선다는 것은 상당히 의외의 일이었다.

"벌레들에게 자신들이 얼마나 미약한 존재인지 보여 주도록 하지. 자네도 똑똑히 보고 있도록."

곧이어 마승지는 부하들에게 명령을 내렸다.

"레이다를 주시하다 저항군의 전투가 벌어질 때를 알려라!"

마승지의 말에 병사들은 레이다에 시선을 집중시키기 시작했고 곧바로 마승지는 포돌스키를 향해 말했다.

"자네는 절대자께서 상당히 주시하고 계시더군. 근데 차기 사도로서 임명 예정이라고 너무 들떠 있는 것 아닌가?"

절대자는 해마다 각국의 관리자들을 평가하게 했는데 전세계 관리자들중 가장 높은 점수를 받은 이가 바로 포돌스키이었다.

국가 관리자 위의 직위는 바로 전 세계 12명 밖에 없는 사도였으며 포돌스키는 다음 사도의 위치에 오를 가장 유력한 인물이었다.

마승지는 다소 못마땅하다는 듯이 말하고 있었는데 포돌스키는 고개를 숙이며 답했다.

"그럴 리 있겠습니까. 부족한 점이 있다면 넓은 마음으로 포용해 주시기 바랍니다."

"잊지 말게나. 자네를 대한민국의 관리자로 임명해준 인물은 바로 나 일세. 자네가 실패한다는 것은 나의 눈이 틀렸다는 것을 의미하네. 그런 일은 일어나지 않도록 하게나."

"명심하겠습니다."

포돌스키는 깍듯이 고개를 숙이고 있었지만 다른 생각을 하고 있다는 듯이 그의 눈빛은 빛나고 있었다.

포돌스키의 속마음을 아는지 모르는지 마승지는 세이프 존 가장 앞쪽에서 대기를 하고 있었다.

마승지는 기분이 나쁜 듯이 표정이 구겨진 상황이었다.

사실 마승지의 기분이 나쁜 이유는 혁명단 때문은 아니었다.

'메시지.'

마음속으로 명령을 내리자 자신에게 전달해온 짧은 메시지가 보이고 있었다.

[포돌스키의 도움 없이 스스로 혁명단을 처치해라.]

지금 마승지가 살펴보고 있는 메시지는 다른 메시지와는 다르게 붉은 색으로 적혀 있었다.

붉은 색의 메시지는 바로 절대자가 보낸 메시지라는 것을 의미했다.

절대자는 특별한 일이 없을 경우에는 결코 개별적으로

메시지를 보내지 않았다.

이것은 지금 자신이 받은 메시지는 상당히 중요하다는 것을 의미했다.

혁명단 따위를 제압하는 데에 스스로 미끼가 되고 나서야 한다는 것에 상당히 못마땅했지만 절대자의 명령은 말 그대로 절대적이었다.

절대적이라는 것은 알고 있었지만 상당히 기분이 나쁜 메시지였다.

마치 포돌스키가 없으면 자신은 아무것도 할 수 없는 것처럼 절대자는 말하고 있는 것처럼 느껴지고 있었다.

포돌스키와 자신의 실력을 서로 겨루어 본다는 느낌에 마승지는 은근히 자존심이 상하고 있었다.

명색이 사도라는 자신이 무시당했다는 생각에 마승지는 두 주먹을 쥐며 혁명단이 오고 있는 방향을 응시했다.

'실력을 보여 주지.'

❖

마승지가 대기를 하고 있는 곳과 얼마 떨어지지 않은 곳에서 우사와 리키는 혁명단을 맞이할 준비를 하고 있었다.

정작 미끼 역할을 할 뿐이었지만 지금 이들에게는 관리자가 될 수 있다는 기회를 잡았다는 생각 밖에 없었다.

부하 한명도 없이 단 두명에 불과 했지만 이들 두 명에게 당황함은 보이지 않고 있었다.

우사가 말했다.

"늘 하던 대로 한다."

리키가 짧게 답했다.

"준비하도록. 나는 이미 끝났다."

두 사내는 오랜 시간동안 호흡을 맞추어 본 듯이 짧게 말하고 있었다.

리키는 팔짱을 낀 채로 서 있었고 우사는 들고 있던 지팡이로 땅위에 무언가를 그리고 있었다.

우사가 끝내자 리키는 레이다를 꺼내 혁명단의 위치를 확인하며 말했다.

"3분후 도착이다. 환영 스킬 사용하겠다."

리키가 두 손을 모으며 스킬을 시전 시키자 순식간에 리키와 똑같은 모습의 사내 일곱 명이 모습을 드러냈다.

〈심연의 환영〉

설명: 자신과 똑같은 분신을 최대 7명 까지 만들어 냅니다. 분신들은 본체의 80%의 체력과 레벨을 소유합니다. 분신들은 본체와 똑같은 스킬을 사용할 수 있습니다. 쿨 타임 122 시간.

특징: 분신들은 지정된 방어구와 단검만을 사용할 수 있습니다. 분신들에게 무기와 방어구를 착용시킬 수는 없습

니다. 분신들은 레이다에 감지되지 않습니다. 본체가 죽을 시 분신들은 사라집니다.

환영 스킬의 가장 큰 장점은 본체가 가지고 있는 스킬을 분신들이 사용할 수 있다는 사실이었다.

그리고 리키는 스텔스 스킬을 가지고 있었다.

즉 리키의 분신들은 똑같이 스텔스 스킬을 사용할 수 있었고 이건 자신을 포함해 총 여덟 명의 스텔스 병사가 있는 것이나 다름없었다.

'스텔스!'

리키가 스텔스 스킬을 사용하는 순간 분신체 역시 똑같이 스텔스 스킬을 사용하였고 순식간에 여덟 명의 병사들은 사라져 버렸다.

순식간에 주변은 우사 혼자 있는 것처럼 보였고 우사가 말했다.

"시작한다."

❖

침울한 분위기의 관리자들과는 다르게 진격하고 있는 혁명단들의 사기는 높아지고 있었다.

모두의 시선은 선두에서 이끌고 있는 한성에게 향하고 있었다.

전투 코끼리와 바바리안들과의 대결에 이어 듣도 보지도 못한 스텔스 스킬을 사용하는 자들 까지 압살해 버렸으니 한성은 이들에게 큰 믿음을 주고 있었다.

레이다를 주시하고 있던 병사가 보고를 했다.

"500M 앞! 적군 두 명 밖으로 나와 있습니다! 더 이상 움직이지 않고 있습니다! 아! 한명 사라졌습니다!"

달려가고 있는 도중에서도 한성의 머릿속은 빠르게 움직이고 있었다.

단 두 명이 나와 있다는 것은 그 만큼 자신이 있거나 숨겨 놓은 비장의 카드가 있다는 것을 의미했다.

두 명이라는 숫자에 한성의 머릿속으로는 떠오르는 인물이 있었다.

'마승지의 경호원들이 나온 건가?'

과거 우사와 리키는 마승지의 경호원들로 각각 관리자의 위치까지 오른 인물들이었다.

이들의 실력은 이미 파악하고 있었다.

지금 자신의 실력이라면 상대가 이들 두 명 뿐이라면 상대해낼 자신이 있었다.

그때였다.

달려오고 있는 혁명단을 본 우사는 지팡이를 허공으로 들어 올렸다

쿠르르르릉!

천둥이 치는 것처럼 주변에 괴성이 울려 퍼진 허공에는

회색빛의 포탈이 만들어 지고 있었다.

과거 식인귀를 소환했던 네크로맨서의 포탈과 비슷한 모양이었지만 그 때와 비교 할 수 없을 정도로 포탈의 크기는 컸다.

혁명단의 눈에도 허공에서 포탈을 만들고 있는 우사의 모습이 보이기 시작했다.

허공에 떠 있는 포탈은 상대가 어떤 스킬을 가지고 있는 자 인지 알게 하기에 충분했다.

"네, 네크로맨서다!"

허공에는 포탈이 생성되어 있었는데 어느새 소환수는 머리를 드러내고 있었다.

포탈에서 반쯤 몸을 빼고 있는 소환수를 본 혁명단의 눈이 커졌다

"우, 우아아아!"

"드래곤?"

포탈 밖으로 나온 드래곤은 당장이라도 브레스를 뿌릴 듯이 입가에 마나의 기운을 빛내고 있었다.

달려가고 있던 혁명단이 움찔거리는 순간 한성은 소리쳤다.

"속도를 줄이지 마라!"

드래곤이라는 상상조차 하기 힘든 소환수가 머리를 내밀고 있었지만 한성은 눈 하나 깜짝하지 않고 있었다.

'환영!'

대부분의 혁명단은 알아차리지 못하고 있었지만 한성은 눈앞의 드래곤이 환영이라는 사실을 알고 있었다.

회귀 전 까지 하더라도 드래곤을 소환 시킬 수 있는 네크로맨서는 전혀 존재하지 않았다.

지금은 자신이 회귀를 하기보다도 훨씬 이전의 시대였으니 당연히 눈 앞에 보이는 드래곤이 진짜 일리는 없었다.

얼핏 보면 최강의 생명체인 드래곤이 당장이라도 공격을 할 것 처럼 보이고 있었지만 사실 전혀 위력을 발휘할 수 없는 껍데기뿐인 환영이었다.

드래곤의 모습에 혁명단이 주춤 거리는 순간 한성은 외쳤다.

"눈앞의 드래곤은 허상이다! 나를 믿어라! 저 드래곤은 아무것도 하지 못한다! 시선을 드래곤에게 향하지 말고 앞의 적을 응시하라! 그대로 돌격!"

한성의 말은 절대적이었다.

이미 한성의 실력을 믿고 있는 혁명단은 한성의 지시에 따라 드래곤을 무시한 채 달려가기 시작했다.

예상과는 다르게 조금의 주저함도 없이 달려오는 혁명단의 모습에 우사의 눈이 커졌다.

"오옷?"

우사의 입에서는 자신도 모르게 당황한 비명이 튀어 나오고 있었다.

'감히! 이것들이!'

비록 껍데기 뿐 이었지만 자신이 소환한 소환수는 최강의 생물 드래곤이었다.

당연히 겁을 먹고 사방으로 흩어지거나 주춤거려야 했는데 어쩐 일인지 이들은 전혀 흐트러짐 없이 진형을 유지하며 돌격해 오고 있었다.

자신의 자랑거리인 드래곤의 모습에도 거침없이 달려오는 혁명단의 모습에 우사의 몸은 부들부들 떨리고 있었다.

원래 우사와 리키의 계획은 우사가 드래곤으로 상대의 시선을 빼앗은 다음 스탤스 스킬을 사용한 리키와 분신체들이 끝내기를 가하는 것이 주된 공격 방법이었는데 이렇게 되어 버렸으니 처음부터 계략은 빗나가버린 것이나 마찬가지였다.

뒤쪽에서 스탤스 스킬을 사용한 채 대기하고 있던 리키가 말했다.

"상관없다! 마법진에 걸리면 그대로 작전대로 움직인다!"

함정은 드래곤 뿐이 아니었다.

우사가 만든 또 다른 함정은 마법진이었다.

드래곤은 상대의 시선을 끌기 위한 수단 이었고 실제 공격은 바닥에 깔려 있는 마법진이었다.

어차피 마법진으로 상대를 붙잡는다면 끝내기 결정타는 자신과 분신체들의 몫이었다.

물론 한성은 이미 우사의 계획을 꿰뚫어 보고 있었다.

'드래곤은 눈속임. 그렇다면.'

과거 이 둘의 작전은 널리 사용되었으며 이 둘의 작전은 벌써 한성의 머릿속에 있었다.

스텔스 스킬을 사용하고 있는 리키의 모습은 보이지도 않고 있었지만 아직까지 한성이 사용한 클리어 스킬은 작동하고 있었다.

아니나 다를까?

스텔스 스킬을 사용하고 있는 또 한명의 암살자가 소환사 뒤에 숨어 있는 것이 보이고 있었다.

뒤쪽에서 스텔스 분신체들이 대기를 하고 있었지만 한성은 모르는 척 명령을 내렸다.

"그대로 진격!"

서로의 거리가 점점 가까워지는 가운데 한성의 시선과 우사의 시선은 모두 다 지상으로 향하고 있었다.

덫 이라면 레이다에 감지되었을 테지만 마법진은 레이다에 감지 될 수 없었다.

혁명단 전원이 마법진 안으로 들어오기를 기다리고 있던 우사의 눈빛이 빛났다.

'흥! 드래곤이 허상이라는 것을 눈치 챘다 하더라도 마법진은 당해내지 못할 터!'

혁명단 전원이 마법진 안으로 들어오기를 기다리고 있었고 혁명단 전체가 들어오는 순간 우사는 마법진을 작동시켰다.

좌아아앗!

하얀색 빛이 발산하는 것과 동시에 마법진의 모습이 드러났다.

마법진이 모습을 드러내는 것과 동시에 달려가고 있던 혁명단의 몸이 붙잡힌 듯이 멈추어 버렸다.

곧이어 우사와 리키가 기대했던 당황한 비명이 울려 퍼졌다.

"허억!"

"아앗!"

혁명단의 움직임이 멈추어지는 순간 아무것도 보이지 않고 있었던 바닥에서는 하얀색 마나의 기운이 가득한 마법진이 그 모습을 드러내고 있었다.

기계음이 울려 퍼졌다.

[마법진의 메즈 스킬 작용되었습니다! 1분간 움직일 수 없습니다.]

마법진에서 올라온 하얀색 기운은 사람의 손 모양의 형상을 만들며 혁명단의 다리를 붙잡아 버렸다.

"우악! 이게 뭐야?"

"움직일 수 없어!"

혁명단의 다리를 감싸 버리는 순간 달려오고 있던 혁명단은 붙잡힌 듯이 일제히 멈추게 되었다.

단 한명도 몸을 움직일 수 있는 자는 없었고 모두가 당황해 하는 순간이었다.

한성의 곁에서 묶여 있던 산도발이 말했다.

"어떻게 할까? 더 끌어 들어야 하나?"

산도발 역시 몸이 붙잡힌 상황이었지만 산도발은 여유로운 목소리로 말하고 있었다.

한성처럼 클리어 스킬을 사용하지는 못하고 있었지만 그역시 은신 스킬을 가지고 있는 자들이 다가오는 것을 알고 있었다.

한성은 손에 사슬을 장착하며 말했다.

"조금 더!"

스텔스 스킬을 사용하고 있는 분신체들이 다가오는 것이 보이고 있었지만 한성은 전혀 눈치 채지 못한 척 하면서 시선을 바닥으로 향하고 있었다.

매즈 스킬은 연기처럼 다리를 붙잡고 있었는데 하체를 움직일 수는 없었지만 상체는 움직일 수 있었다.

분신체들이 한성의 바로 앞까지 오는 순간이었다.

"지금!"

한성은 바닥에 펼쳐진 마법진을 향해 유니크 검을 내리찍었다

바닥에 꽂힌 유니크 검에서 마나의 기운이 뿜어져 나갔다.

좌아아아앗!

유니크 검에서 흘러나온 마나의 기운은 사방으로 퍼져 가면서 종이를 찢어버리듯이 마법진을 갈기갈기 찢어버리고

있었다.

어느새 마법진의 기운은 사라져 버리기 시작했고 하얀 물결 위에서 금빛의 기운이 춤을 추기 시작했다.

"허어어억!"

마법진이 찢어지는 순간 우사의 입에서 놀란 비명이 튀어 나왔다.

"이, 이건!"

마법진에서 만들어낸 손 모양의 마나기운들을 유지시키기 위해 스태프를 들고 있어야만 했는데 자신이 들고 있는 스태프의 기운으로는 감당할 수 없는 거대한 마나의 기운이 파도처럼 밀려드는 것이 전해져 오고 있었다.

이 정도의 거대한 마나의 기운은 자신이 모시고 있는 마승지나 가능한 마나의 위력이었다.

파파파파파팟!

파도처럼 검에서 뿜어져 나온 금색의 기운은 사방으로 퍼져 나가기 시작했다.

유령의 손처럼 붙잡고 있던 마나의 기운들은 순식간에 한성의 검에서 흘러나온 황금빛 기운에 휩쓸려 버리며 사라져가고 있었다.

하얀 물결 위에서 파도가 치듯이 마나의 기운이 마법진을 찢는 순간 기계음이 울려 퍼졌다.

[메즈 마법 해제 되었습니다!]

혁명단의 몸이 자유롭게 움직일 수 있게 된 순간이었다.

곧바로 한성은 양 팔을 뻗었다.

촤아아아앗!

다른 때 와는 다르게 사슬은 거미줄처럼 퍼져 나갔다.

"허어어엇!"

거미줄처럼 넓게 퍼져 나간 사슬은 곧바로 달려오고 있던 분신체들을 붙잡기 시작했다.

드래곤에게 시선을 빼앗기고 움직이지도 못하게 된 상황에서 스텔스 스킬을 꿰뚫어 볼 수 있을 거라고는 그 누구도 생각할 수 없었다.

사슬에 걸리는 순간 스텔스 스킬은 깨어져 버렸다.

리키를 비롯하여 분신체들은 모습을 드러냈지만 거미줄에 걸린 벌레들처럼 제 자리에서 움직이지 조차 못하고 있었다.

빈약한 방어구와 무기를 든 이들이 몸이 자유롭게 된 혁명단 앞에 나타났다는 것은 자살이나 다름없었다.

"공격!"

아주 짧은 순간 이었지만 이 절호의 기회를 놓칠 혁명단이 아니었다.

촤아아앗!

동시에 각기 다른 마나의 빛줄기와 무기들이 날아가기 시작했다.

제피퍼의 채찍이 분신체의 목을 감아 버렸고 산도발의 검과 혼다의 창에서 스킬들이 불을 뿜었다.

좌아아아앗!

분신체들이 공격에 휩쓸려 사라진 상황이었다.

한성은 가장 후방에 있던 본체로 향해 돌격하고 있었다.

'함정은 분명 더 있다!'

분명 이 둘은 시선을 끄는 역할일 것이 분명했고 더 강한 자가 뒤에 있다는 직감이 들고 있었다.

미끼 역할을 하는 이 둘에게 시간을 끌 수는 없었다.

'쾌속 검!'

한성의 검이 겨누어지는 순간 리키는 검을 제대로 보지도 못했다.

한성의 몸은 어느새 그의 곁을 스쳐 지나가고 있었고 그냥 자신의 곁으로 한성이 지나쳐 갔다고 생각 되는 순간이었다.

순식간에 주변이 흔들려 보이며 자신의 목은 지상으로 떨어지고 있었다.

"리키!"

동료의 죽음을 본 우사가 외치는 순간이었다.

속공을 최대한도로 끌어 올리며 뛰어 오른 한성은 우사를 향해 검을 내리찍고 있었다.

'쉴드!'

우사는 급하게 지팡이를 들어 올렸다.

신체에 형성되는 일반적인 쉴드와는 다르게 거대한 쉴드가 머리에 펼쳐지며 한성의 검을 막는 순간이었다.

챙그랑!

쉴드가 깨지는 것에 놀란 우사의 입에서 비명이 튀어나왔다.

마승지도 쉽게 깨지 못하는 자신의 쉴드를 눈앞의 사내는 일격에 깨뜨리고 있었다.

"허어어어억!"

그것이 우사의 마지막 비명이었다.

쉴드를 깬 한성의 검은 그대로 내려찍어 지며 우사의 몸을 반으로 갈랐다.

상대를 제압했다는 것에 한성은 기뻐할 새도 없었다.

한성의 시선이 허공으로 향했다.

무언가 타는 듯한 냄새가 전해져 오며 거대한 화염구가 하늘에서 날아오고 있었다.

익숙한 화염구는 누구의 스킬인지 알게 하기에 충분했다.

'마승지!'

이곳 생존도에서 가장 마지막에 상대할 줄 알았던 마승지가 홀로 타나나고 있었다.

한성이 우사와 리키를 제거하기 몇 분 전.

혁명단과 본격적인 전투가 시작되고 있는 가운데 세이프 존 A에서는 레이다를 주시하고 있던 병사들이 연달아

보고를 하기 시작했다.

"혁명단 도착했습니다!"

"전투 벌어지는 것 같습니다!"

마승지가 몸을 일으키며 말했다.

"내가 떠한 후에 곧바로 에솔릿을 출발 시키도록! 귀찮게 쓸데없는 병사들을 데려 올 필요는 없다. 보험 삼아 에솔릿 하나만 붙여 두도록!"

명령을 내린 마승지는 곧바로 달려 나가기 시작했다.

전투가 벌어지고 있는 상황이라면 일일이 레이다를 확인할 겨를이 없을 것이 분명했다.

전투가 벌어지는 곳까지의 거리는 짧았고 마승지의 속공이라면 한성 일행이 눈치 채기 전에 도착할 수 있었다.

속공을 최대한도로 끌어올린 마승지는 믿기지 않는 속도로 달려 나가기 시작했고 포돌스키는 굳은 표정을 지으며 중얼거렸다.

"그렇죠. 훌륭한 계획은 우리 편도 눈치 채지 못하게 하는 게 진짜 훌륭한 계획이죠."

마승지가 한 말을 그대로 되씹어 보이며 포돌스키는 중얼거리고 있었는데 조금 전까지 위축되어 있었던 포돌스키의 모습은 그 어디에서도 찾아 볼 수 없었다.

마승지가 출전을 한 상황에서 병사들이 말했다.

"에솔릿! 준비시키겠습니다!"

전혀 의외의 말이 돌아왔다.

"아니, 에솔릿은 출전하지 않는다. 전원 수비. 성채를 굳게 닫고 혁명단과의 전투를 준비해라."

"네엣?"

믿을 수 없는 포돌스키의 말에 병사의 눈이 커졌다.

자신들도 분명 에솔릿을 출전 시키라는 명령을 똑똑히 들었는데 어찌된 일인지 포돌스키는 마승지의 명령을 거역하고 있었다.

포돌스키는 검을 빼들며 말했다.

"모든 책임은 내가 진다. 전원 수비. 혁명단과의 전투를 준비해라."

더 이상 할 말이 없다는 듯이 포돌스키는 몸을 돌렸다.

등을 돌린 자신에게 수많은 시선이 쏟아지고 있었지만 포돌스키는 전혀 개의치 않고 있었다.

'메시지.'

절대자가 자신에게 보낸 붉은 색 메시지가 눈에 들어왔다.

마승지 뿐만 아니라 포돌스키 역시 절대자로부터 메시지를 받은 상황이었다.

[마승지에게 일체 도움을 주지 말 것. 마승지는 혁명단을 이기지 못한다. 마승지가 죽은 후에 에솔릿을 사용하도록!]

절대자의 메시지를 받았지만 포돌스키는 의아한 생각을 지우지 못하고 있었다.

혁명단을 단번에 제압하기에 최선의 방법은 자신과 에솔

릿을 비롯한 모든 관리자들이 동시에 공격하는 방법이었다.

아무리 한성이 뛰어나다 하더라도 에솔릿과 자신 그리고 마승지까지 있다면 당해내지 못할 것이 분명했다.

이 방법이 가장 효과적이고 필승의 방법이라 생각되었는데 절대자는 의외로 전력을 분산 시키고 나눠어 혁명단을 상대하게 하고 있었다.

포돌스키는 고개를 갸웃거렸다.

'마승지가 버리는 패였던가? 이건 오히려 상대를 도와주는 것 아닌가? 무슨 생각인가?'

아무리 생각해도 이해가 가지 않고 있었는데 어느새 에솔릿의 모습이 눈에 들어오고 있었다.

에솔릿은 레이다를 바라보며 대기하고 있었는데 그녀는 변신 전인 미모의 아가씨 외형을 유지하고 있었다.

레이다를 살펴보고 있던 에솔릿은 기쁘다는 듯이 소리쳤다.

"꺄아아아악! 레벨 60! 만렙짜리야! 그것도 여러 명이나 있어! 나 이거 먹어도 되는 거지?"

마치 맛있는 음식을 본 아이처럼 에솔릿은 기쁜 목소리로 포돌스키에게 말하고 있었다.

포돌스키가 빙긋 웃으며 말했다.

"물론입니다. 제일 맛있는 것은 아름다운 공주님에게 드려야지요."

"호호호. 정말 말도 잘 하시는 군요. 키가 조금만 더 컸으면 제가 홀딱 반했을 것 같은데."

에솔릿은 자신보다 작은 포돌스키가 아쉽다는 듯이 말하고 있었는데 뜻밖의 말이 들려왔다.

"더 멀리 보지요. 지금 당신이 생각해야 할 것은 눈앞의 혁명단 따위가 아닙니다. 던전에서 강한 몬스터를 죽이고 병기처럼 사용되며 끊임없이 상층으로 올라가다 보면 당신도 언젠가는 죽게 되겠지요."

포돌스키의 말에 천진난만한 표정을 짓고 있던 에솔릿이 정색을 했다.

"무슨 말을 하고 싶은 거지요?"

포돌스키가 말했다.

"지금 당신은 마승지보다 강합니다. 역대 최강이라는 당신이 이런 곳에서 시키는 대로 할 이유는 없지요."

포돌스키는 사도라는 직함을 뗀 채로 마승지의 이름을 말하고 있었는데 지금 포돌스키의 발언은 상당히 위험한 말이었다.

에솔릿은 어리석지 않았다.

포돌스키는 진지한 눈으로 에솔릿을 바라보고 있었고 그의 눈빛에서 에솔릿은 그의 뜻을 읽을 수 있었다.

'갈아 타라는 거군. 준비는 끝났다는 건가?'

포돌스키가 이런 말을 한다는 것은 이미 모든 계획이 세워져 있다는 것을 의미했고 마승지 보다 더 높은 위치에 있는 자의 지시가 내려왔다는 것을 의미했다.

마승지 보다 높은 위치에 있는 자는 절대자 밖에 없었다.

에솔릿이 미묘한 웃음을 흘리며 말했다.

"이거, 아무래도 나 너무 위험한 자하고 같이 있는 것 같은데?"

포돌스키가 한손을 건네며 말했다.

"더 높은 곳으로 날아가고 싶은 생각 없으십니까? 제가 데려다 드리지요."

에솔릿은 포돌스키의 손을 붙잡았다.

포돌스키와 에솔릿이 서로의 손을 붙잡고 있던 그 시각.

하늘에서는 수박만한 화염구가 쏟아져 오고 있었다.

콰콰광!

한성이 있는 곳 근처로 화염구들은 쏟아져 오며 터지고 있었는데 한성의 귀로 기계음이 울렸다.

[패시브! 쉴드 작용합니다!]

화염에 명중되지도 않았지만 화염구가 터지고 한 후 사방으로 퍼진 화염의 기운은 한성의 몸으로 옮겨 붙고 있었다.

마승지가 사용하는 화염구의 무서운 점은 화염 덩어리뿐이 아니었다.

일반적인 화염구는 화염구를 피해 버리면 그만 이었는데 지금 마승지가 던지고 있는 화염구는 폭발한 다음 사방으로 용암처럼 퍼지는 공격이 진짜 공격이었다.

충격에 한성의 몸에서는 쉴드가 작용되고 있었지만 몸으로 옮겨 붙은 불더미는 꺼지지 않은 채 몸에서 번져가고 있었다.

치지지직!

한성의 몸에 흐르고 있는 쉴드를 녹이며 갑옷을 태우는 소리가 들려왔다.

한성은 착용하고 있는 갑옷과 쉴드 덕분에 큰 피해를 입지는 않았지만 일반 병사라면 스치기만 하더라도 치명상을 입을 공격이었다.

"우웃?"

한성은 전투 태세를 갖추었지만 날아오는 화염구의 숫자는 전혀 줄어들지 않고 있었다.

사도라는 이름에 걸맞게 그 어떤 장거리 공격보다도 먼 곳에서 마승지의 공격은 날아오고 있었다.

콰과과광!

벼락이 떨어지듯이 한성이 있던 곳 위로는 폭탄이 떨어진 것처럼 흙더미가 떠오르고 있었다.

솟구쳤던 흙먼지가 가라앉는 순간 하늘에서 떠 있는 마승지의 모습이 보이고 있었다.

마치 하늘을 나는 것처럼 마승지는 허공에서 뛰어가다

시피 하며 날아오고 있었는데 그의 양 손에는 **활활 타오르** 고 있는 화염구가 들려 있었다.

일정 기간 동안 허공에 떠 올라 있을 수는 있었지만 마승지는 허공에 떠 있는 수준이 아니라 날아가는 수준이었다.

가장 선두에 서 있던 한성을 본 마승지는 중얼거렸다.

"네 놈이 리더인가? 일단 조무래기들 먼저! 네 놈은 먹이로 쓸 것이다!"

한성은 에솔릿에게 맡겨 둔 다는 듯이 마승지는 한성을 지나쳐 혁명단으로 향하고 있었다.

마승지의 양 손에는 각각 수박만 한 불덩어리들이 들려 있었는데 허공으로 떠오른 마승지는 사정없이 두 팔을 움직이기 시작했다.

쾅! 쾅! 쾅!

폭탄처럼 날아오는 마나의 기운은 감히 이들 방패로 막을 수 있는 위력이 아니었다.

한성은 급히 외쳤다.

"막지 말고 피해!"

한성이 외쳤지만 날아오는 마나의 기운에 겁을 먹은 혁명단은 그대로 방패를 들어 올리고 말았다.

이건 마승지가 원하는 바이었다.

콰과광!

귀를 찢는 것 같은 굉음이 울려 퍼지는 순간이었다.

좌아아아앗!

방패에 부딪치는 순간 화염구는 사방으로 번지면서 퍼져 나가기 시작했다.

액체처럼 퍼진 화염은 사방으로 옮겨 붙기 시작했다.

"으아아악!"

전투 코끼리, 바바리안, 스텔스 군단, 그리고 우사와 리키의 공격에도 견고했던 진형은 마승지의 공격에 순식간에 무너져 버리고 있었다.

마승지의 웃음이 하늘에서 울려 퍼졌다.

"크하하하하! 불 지옥을 맛을 보아라!"

쿨 타임도 없다는 듯이 마승지는 여전히 허공에 떠 오른 채로 사정없이 두 팔을 번갈아 가며 움직이고 있었다.

쾅! 쾅! 쾅!

방패에 부딪치는 순간 화염구는 더 큰 폭발력을 내며 터지고 있었고 순식간에 혁명단의 진형은 쑥대밭이 되어버리고 말았다.

마승지를 알아본 누군가 외쳤다.

"마승지다!"

사방에서 화염구가 터지고 용암에 녹아내리고 있는 병사들이 보이고 있었지만 마승지라는 이름에 혁명단의 시선이 그에게로 향했다.

12 지역구 사도라는 직함을 가지고 있는 마승지에게 원한이 없는 사람은 찾기 힘들었다.

특히나 일본 저항군들은 마승지에게 이를 갈고 있었고 지금 그 원한을 갚을 기회가 눈앞에 보이고 있었다.

제일 먼저 일본 혁명단의 리더 혼다가 뛰쳐나갔다.

그가 굳게 잡은 창은 정확하게 허공에 떠 있는 마승지를 겨냥하고 있었다.

'불멸의 창!'

마승지가 눈앞에 있다는 생각에 혼다는 자신이 가지고 있는 최강의 스킬을 뽑아내었다.

촤아아아앗!

수십 개의 창이 동시에 마승지를 향해 솟구쳤다.

마승지의 몸이 피할 공간도 만들어 주지 않는 다는 듯이 혼다의 창은 수 십개가 되어 마승지의 몸을 관통하고 있었다.

"명중했다! 어엇?"

관통을 했음에도 불구하고 혼다의 창은 허공을 가르고 있었다.

명중된 마승지의 몸이 사라져 버렸다.

'분신?'

산도발이 외쳤다.

"저쪽이다!"

허공에 있던 마승지는 분신체였고 본체는 이미 지상으로 내려온 상황이었다.

'속공의 수준이 다르다!'

어느새 마승지는 혁명단의 진형 한 가운데에 자리를 잡고 있었다.

"크하하하하! 벌레들이여 절망을 맛보아라!"

혁명단의 놀라는 표정이 재미있다는 듯이 크게 웃은 마승지는 검을 빼어들었다.

산도발의 눈이 번뜩였다.

'검? 아니 저것은?'

마승지가 들고 있는 검은 화염을 머금고 있었는데 마승지는 검을 휘두르면서 외쳤다.

"늘어낫!"

촤아아아아앗!

그것은 하나의 거대한 용암기둥이었다.

일반적인 무기가 2M에서 10M이내 크기로 늘어나는 것에 비해 마승지의 화염을 머금은 검은 무려 20M에 가까울 정도로 늘어나고 있었다.

"피해!"

산도발이 외치는 순간 용암 기둥은 주변을 한바퀴 휩쓸어 버렸다.

우우우우웅!

공기를 가르는 묵직한 소리와 함께 늘어난 불기둥은 사방 20M이내의 모든 생명체를 녹여 버리고 있었다.

'이, 이럴 수가!'

아무리 늘어나는 무기라 하더라도 20M나 늘어난다는

것은 있을 수 없는 일이었다.

가까스로 마승지의 공격을 피한 산도발의 눈이 커졌다.

'검이 아니다! 마나의 기운! 이것이 사도의 힘이란 말인가!'

마승지는 자유자재로 무기에 마나의 기운을 심어 넣을 수 있었다.

당연히 마나의 힘을 감당하지 못한 무기는 그대로 녹아내릴 수밖에 없었는데 어차피 무기는 무제한에 가까울 정도로 가지고 있던 마승지에게는 전혀 문제 될 것이 없었다.

비명을 내지를 새도 없이 혁명단 수십 명이 동시에 사라져 버렸고 일격을 피한 자들은 산도발을 비롯한 몇 명의 실력자들에 불과했다.

"호오?"

몇몇 혁명단원들이 피했다는 것이 가소롭다는 듯이 마승지는 속공을 가동시켰다.

제일 먼저 타겟을 한 인물은 빅터였다.

산도발이 소리치는 순간이었다.

"빅터!"

산도발의 목소리가 끝나기도 전에 마승지는 손으로 빅터의 머리를 내리찍고 있었다.

퍼퍼벅!

무기 하나 들고 있지 않았지만 마승지의 손에 서려 있는 마나의 기운은 단번에 빅터의 머리를 으깨며 즉사시키고 있었다.

"다음은!"

자연스럽게 마승지의 시선은 보조계로 향했다.

마승지의 공격에 녹아내린 마나 쉴드 안에서 부들부들 떨고 있는 마갈리의 모습이 보였다.

쉴드는 가까스로 화염 공격에서 혁명단원들을 보호하고 있었지만 이미 망가질 때로 망가진 상황이었다.

그때였다.

달려오고 있던 한성이 외쳤다.

"격투가!"

에솔릿이 언제 나올지 몰랐지만 지금 마승지를 상대하기 위해서는 끌어 낼 수 있는 최강의 스킬을 꺼내야 했다.

면역 쉴드를 파괴 할 수 있는 유니크 검을 사용할 수 없었지만 상대의 움직임을 따라가기 위해서는 격투가 스킬을 사용하는 방법 밖에 없었다.

촤아아아앗!

한성의 몸에서 불빛으로 감싸기 시작했다.

온 몸의 기운이 강해지는 것이 느껴지기도 전에 한성은 마승지를 향해 몸을 던지다 시피 하며 주먹을 날렸다.

60이라는 만렙에 두 배로 능력치를 올리는 격투가 스킬이 더해진 상황이었다.

마갈리를 노리고 있던 마승지의 입에서 순간적으로 당황함이 새어 나왔다.

"어엇?"

반사적으로 주먹을 막으려 했지만 이미 한성의 주먹은 명중되고 있었다.

타앗! 타앗! 타앗!

챙! 챙! 챙!

격투가의 연타 스킬이 뿜어지며 마승지의 면역 쉴드가 차감되고 있었다.

"오오옷?"

마승지는 거리를 벌이려 했지만 한성은 기회를 주지 않았다.

타앗! 타앗!

연달아 또 다른 주먹이 연타 스킬을 발산했고 명중되는 소리와 함께 마승지의 몸이 흔들거렸다.

몇 대의 면역 쉴드가 있는 지 알 수 없었지만 벌써 여섯 번의 공격이 명중된 상황에서도 마승지의 쉴드는 아직까지 깨어지지 않고 있었다.

"이, 이게! 이런 한심한!"

뒤로 물러서고 있던 마승지는 한성이 아닌 세이프 존 쪽을 바라보고 있었다.

원래대로라면 한성은 에솔릿이 상대하고 있을 거라고 생각하고 있었는데 어찌된 일인지 에솔릿은 나타나지 않고 있었다.

무언가 잘못되었다는 것을 생각할 새도 없었다.

지금 한성은 자신에게 공격을 퍼붓고 있었다.

면역 쉴드는 무제한이 아니었으며 마승지는 바쁘게 한성의 주먹을 피하기 시작했다.

"이 놈이 감히!"

들어 올린 마승지의 오른 손에 화염의 기운이 가득 머금어지는 순간이었다.

휘리리릭!

제니퍼의 늘어난 채찍이 마승지의 오른손을 붙잡아 버렸다.

"오옷?"

"지금이다! 찔러!"

마승지의 오른손을 붙잡은 채찍은 마승지의 화염에 순식간에 녹아 버렸지만 아주 짧은 순간의 멈춤 이라 하더라도 기회를 보고 있던 혼다와 산도발의 공격이 스며들기에 충분한 시간이었다.

챙! 챙! 챙! 챙! 챙!

연타 스킬이 있는 산도발의 검과 혼다의 창은 마승지의 몸에 명중되었고 사정없이 면역 쉴드를 차감하고 있었다.

"으으윽!"

마승지의 몸이 휘청휘청 거리는 순간이었다.

주먹을 날린 한성이 외쳤다.

"받아랏!"

타앗! 타앗! 타앗!

챙그랑!

한성의 또 다른 주먹이 명중되는 순간 마침내 마승지의 쉴드는 완전히 깨어지고 있었다.

면역 쉴드가 깨어진 순간 마승지의 얼굴은 구겨졌다.

"이익!"

사도라는 인간 최고의 위치에 오른 자신이었지만 지금 만큼은 다급함을 지울 수 없었다.

지난 몇 년 동안 그 누구도 자신의 쉴드를 깨부순 자는 없었고 위기라는 것은 느껴본 적도 없던 그에게 지금처럼 곤혹스러운 적은 처음이었다.

면역 쉴드가 완전히 깨어진 마승지는 수비태세를 갖출 수밖에 없었다.

세이프 존으로 도망간다는 듯이 마승지는 뒷걸음치며 물러서고 있었는데 더 이상 과감한 공격을 하지 못하는 마승지를 향해 한성과 산도발 그리고 혼다는 사정없이 공격을 퍼붓고 있었다.

쉴드가 깨어져 버린 상황이었지만 아직까지 한성은 유니크겜을 사용하지 않고 있었다.

마승지의 속공은 그 누구도 따라갈 수 없는 속도였다.

무기를 휘두르고 있는 산도발과 혼다는 전혀 마승지의 속도를 따라가지 못하고 있었다.

전투의 승패에서 가장 중요한 요소는 속공이었는데 현재 마승지의 속공 스킬은 다른 이들 보다 더 위의 레벨이었고 격투가 스킬을 사용하지 않는다면 결코 따라갈 수 없다는 것을 한성은 알고 있었다.

다만 전력으로 속공을 사용하며 물러서고 있는 탓에 마승지의 양 손에는 마나의 기운이 모이지 못하고 있었는데 약간의 작은 틈 이라도 준다면 즉각 양 손에서 화염구가 쏟아져 온다는 사실을 한성은 알고 있었다.

혼다와 산도발은 점점 더 거리가 벌어지기 시작했고 격투가 스킬을 사용하고 있는 한성만이 유일하게 마승지의 몸을 따라가며 그를 붙잡고 있었다.

독보적인 자신의 속공 속도를 따라올 수 있는 자 가 있을 거라고는 상상조차 하지 못했었다.

'이익! 떼어 낼 수 없다!'

자신의 장기인 화염구를 사용하기 위해서는 최소한의 거리와 시간이 필요 했는데 한성은 그 마저도 용납하지 않고 있었다.

무기를 사용하지 않고 있었지만 격투가 스킬로 모든 스탯을 2배로 올린 한성의 공격은 한시도 눈을 뗄 수가 없었고 수비에 급급하던 마승지는 당황한 듯이 외쳤다.

"포돌스키! 에솔릿!"

사도의 외침에도 불구하고 일체의 반응도 돌아오지 않고 있었다.

무언가 크게 잘못되었다는 사실을 깨달은 마승지는 혼란스러워 했고 달아날 태세를 갖추는 순간이었다.

산도발이 외쳤다.

"놓치면 안 돼! 마갈리!"

한쪽에서 쓰러져 있던 마갈리의 스태프가 빛을 발산했다.

"슬로우!"

아무리 마승지라 하더라도 사정거리 내에 있는 스킬의 속도만큼 빠를 수는 없었다.

평상시라면 이 정도의 스킬은 가볍게 피해 버릴 수 있었지만 지금 한성에게 묶여 있는 상황에서 마승지는 그대로 슬로우 스킬에 노출될 수밖에 없었다.

바람을 타고 날아가는 것처럼 슬로우 스킬은 마승지의 다리를 휘감아 버리고 있었다.

"걸렸다!"

마승지의 속도가 늦어지는 순간 혼다와 산도발이 동시에 무기를 내리찍었다.

챙! 챙!

당연히 명중될 줄 알았지만 허공에서 쉴드에 부딪치는 소리가 울려 퍼졌다.

"이익!"

마승지의 몸에서 작용되고 있던 면역 쉴드는 사라져 버렸지만 허공에는 마승지가 만들어 놓은 마나 쉴드가 떠오른 상황이었다.

가짜 마승지가 사용했던 마나 쉴드에 비해 훨씬 더 견고한 마나 쉴드는 무려 여덟 개가 있었는데 허공에 떠 있는 쉴드는 자유자재로 움직이며 혼다와 산도발의 공격을 막아 내고 있었다.

챙! 챙! 챙!

허공에 떠 있는 마나 쉴드는 마나의 기운에 자동으로 반응한 다는 듯이 혼다와 산도발의 공격을 연이어 막고 있었다.

그때였다.

'속공이 봉쇄 되었다!'

마나 쉴드 스킬을 사용한 탓에 순간적으로 마승지의 속공 스킬은 봉쇄 되어 버린 상황이었다.

한성은 재빨리 유니크 검을 꺼내 들었다.

격투가 스킬이 해제 된다는 기계음이 들려왔지만 지금이 승부를 볼 수 있는 기회였다.

한성의 유니크 검에 흐르고 있는 마나의 기운을 느낀다는 듯이 마승지의 분산되어 있던 마나 쉴드들은 재빨리 한 곳으로 모여들었다.

마나 쉴드가 한곳에 모여 두껍게 쉴드를 강화시키는 순간이었다.

촤아아아앗!

반원을 그리듯이 한성의 검은 마나를 뿜어내며 내리찍어지고 있었다.

유니크 검에서 흐르는 마나의 기운은 마나 쉴드가 감당할 수 있는 기운이 아니었다.

챙그랑!

우사를 내리찍었을 때처럼 마나 쉴드를 깨부순 한성의 검은 그대로 마승지의 몸으로 내리찍어졌다.

"허어어억!"

마승지는 고개를 젖히며 급히 물러섰지만 한성의 검 끝은 그의 얼굴과 가슴을 스쳐지나가고 있었다.

"커어어어억!"

머리부터 가슴까지 피가 튀어 오르는 가운데 죽음의 문턱 까지 갔다는 생각이 가득해졌다.

마승지는 최후의 스킬을 사용했다.

'연막!'

파아아앗!

순식간에 검은 색의 기운이 터지는 것과 동시에 마승지의 모습이 사라졌다.

'도약!'

속공이 슬로우 스킬로 봉쇄 되었으니 도약으로 밖에 거리를 벌릴 수 밖에 없었다.

순간적으로 마승지의 몸이 뒤로 튕겨 나가며 거리를 벌리는 순간이었다.

기다렸다는 듯이 한성의 사슬이 뻗어나갔다.

휘리리리릭!

뻗어나간 한성의 사슬이 마승지의 목을 그대로 감아 버렸다.

연막으로 시야를 가렸지만 이미 타겟팅이 설정이 된 상황에서 사슬은 정확하게 마승지의 목으로 날아가 감아 버리고 있었다.

'줄어!'

한성의 명령에 곧바로 사슬은 마승지의 목을 조이며 그의 몸을 끌어 당겼다.

"우에에에엑!"

순간적으로 벌어졌던 마승지의 몸이 자신에게 당겨오는 순간 한성의 검은 정확하게 심장을 노리며 파고들었다.

마승지는 목에 감긴 사슬을 풀 수 있었지만 검은 막을 수 없었다.

푸우우욱!

쉴드가 없는 몸을 유니크 검은 사정없이 관통해 버렸다.

"커어어어억!"

검 끝이 마승지의 몸을 통과 하는 순간 그의 몸에서 힘이 빠지는 것이 전해져 왔다.

심장을 파괴 시켰다는 듯이 핏줄기가 뿜어져 나오며 마승지의 몸은 힘없이 뒤로 굴러가기 시작했다.

피투성이가 된 채로 바닥에서 구르고 있던 마승지는 세이프 존을 바라보았다.

자신이 쓰러져 가고 있었지만 그 누구도 밖으로 나오기는커녕 공성전을 대비한다는 듯이 문은 굳게 닫혀 있다.

"어, 어째서!"

있을 수 없는 일이었다.

사도인 자신의 명령은 철저하게 무시되고 있었다.

"포돌스키!"

저주 한 다는 듯이 외치는 마승지의 외침이 끝나는 순간이었다.

한성의 유니크 검은 가차 없이 쓰러져 있는 마승지의 몸을 내리찍었다.

"크으으윽!"

아무리 강한 사도라 하더라도 인간이었다.

온 몸에 힘이 빠지는 것과 함께 마승지의 앞은 흐려지고 있었다.

"이, 이럴 수가!"

인간 세계에서 최강자로 군림하던 자신이 이런 초라한 몰골로 최후를 맞이할 줄은 상상조차 할 수 없었다.

눈이 감기는 가운데 세이프 타워에서 포돌스키의 비웃는 모습이 보이고 있는 것 같았다.

마승지가 죽는 순간 생존도에서는 역대 없었던 환호의 함성이 울려 퍼지고 있었다.

"와! 와!"

마승지의 최후에 혁명단이 내지른 함성은 세이프 존 까지 들려오고 있었다.

　포돌스키를 저주 한다는 듯이 죽은 채로 뻗은 마승지의 손가락이 세이프 존을 가리키고 있는 가운데 병사들은 큰 혼돈에 빠져 버렸다.

　"이, 이럴 수가!"

　"죽은 것 같습니다!"

　마승지가 죽었지만 포돌스키는 담담한 표정 그대로였다.

　"예상대로 마승지는 이기지 못했습니다. 다만 마승지 때문에 저항군들이 스킬을 소모했을 것 같군요. 상대의 전력도 크게 손상되었으니 어서 준비! 어엇?"

　곧바로 혁명단과 대대적인 전투를 벌일 거라 생각했던 포돌스키가 병사들에게 수비를 지시하는 순간이었다.

　예상치 못한 일이 벌어지고 있었다.

　개미 하나 빠져 나갈 수 없게 만들어 둔 배리어가 서서히 사라져 가고 있었다.

　배리어에 가려져 있던 하늘은 푸른 빛깔을 드러내기 시작했고 차단되었던 태양빛이 생존도로 내려앉고 있었다.

　누군가 외쳤다.

　"저 곳을 보십시오!"

　병사들의 다급한 목소리가 울려 퍼지는 순간이었다.

　"이, 이럴 수가!"

　생존도에서 얼마 떨어지지 않은 컨트롤 타워는 불길에

휩싸이고 있었다.

'움직였군.'

지금까지 생존도 안의 혁명단만을 생각하고 있었는데 혁명단에는 제임스라는 리더가 있었다.

제임스는 재빨리 컨트롤 타워를 공략했고 관리자들은 정보를 빼앗기지 않기 위해 컨트롤 타워를 불태워 버리는 방법 밖에 없었다.

생존도를 조정하고 있는 컨트롤 타워가 불타 버렸으니 배리어 역시 사라져 버렸고 이제 생존도의 출입은 자유롭게 된 상황이었다.

상황이 악화되었다는 것을 말해주기라도 하듯이 다급한 외침이 울려 퍼졌다.

"혁명단 옵니다!"

어느새 혁명단은 재정비를 끝내고 있었고 전원이 동시에 성채를 향해 달려오고 있었다.

선두에 선 한성이 외쳤다.

"돌격! 이곳이 마지막 관문이다!"

"와! 와!"

뒤를 따르고 있는 산도발이 외쳤다.

"마갈리! 버프, 쉴드! 가진 걸 모두 다 저 사내에게로!"

마갈리의 스태프가 움직이는 것과 동시에 한성의 주변으로는 버프들이 쏟아져 왔다.

[새벽의 울림 적용 되었습니다!]

[마나 쉴드 생성 되었습니다!]

곧바로 마갈리의 마나 쉴드가 한성의 주변으로 생성 되었고 마승지와의 대결에서 소모 되었던 체력이 원상 복귀되고 있었다.

달려가고 있는 한성의 눈에는 세이프 존 만이 보이고 있었다.

마승지와의 대결에서도 침착함을 유지하고 있던 한성도 지금 순간만큼은 심장이 요동치는 것을 멈출 수 없었다.

운명의 장난이었을까?

아니면 또 한 번 절망을 맛보라는 절대자의 장난일까?

과거 에솔릿과의 악연이 있는 곳.

회귀의 시작과 동시에 처참한 절망을 맛 본 곳.

모든 이들이 절벽에서 떨어져 죽은 이곳으로 자신은 돌아와 복수를 할 기회를 맞이하고 있었다.

혁명단이 총공세를 하고 있는 가운데 포돌스키는 성채 위로 올라가 혁명단을 바라보았다.

한성의 뒤로는 거대 방패를 든 탱커들을 필두로 남은 혁명단 전원이 세이프 타워를 향해 돌진해 가고 있었다.

한성 뿐만 아니라 지금까지 살아남은 자들의 실력은 하나 같이 상당했고 달려오는 기세는 하늘을 찌를 듯 했다.

"마승지는 죽었다!"

"컨트롤 타워도 점령했어!"

"배리어도 사라졌다!"

"이길 수 있어!"

마승지가 죽었다는 사실 뿐만 아니라 여러 가지 상황들이 혁명단에게 유리하게 벌어지고 있었다.

처음 생존도로 강제 소환되어 갇혔을 때만 하더라도 절망스러웠지만 지금 혁명단의 사기는 하늘을 찌를 듯이 높아져만 갔다.

불타오르고 있는 컨트롤 타워와 함성을 내지르며 달려오고 있는 혁명단을 본 에솔릿이 중얼거렸다.

"기분 나빠."

눈살을 찌푸리며 에솔릿은 말을이었다.

"벌레들의 사기가 높아졌잖아? 난 남이 잘 되는 꼴을 보면 배가 아파. 특히 못한 것들이 잘난 줄 알고 떠드는 것은 질색이야."

얼굴을 찌푸리고 있던 에솔릿의 얼굴이 환하게 바뀌었다.

"하지만 이길 줄 알고 있는 자들을 절망으로 빠뜨리는 것은 너무나 재미있어."

포돌스키가 말했다.

"적의 기세가 올랐습니다. 기세를 꺾을 강력한 한방이 필요 합니다. 준비해 주십시오."

포돌스키의 말에 에솔릿은 한 손으로 브이 자를 그리며 말했다.

"새로운 스킬 하나 발견했는데 써 먹기에 안성맞춤이네."

에솔릿이 내려가자 포돌스키는 담담하게 명령을 내렸다.

"사격하라! 선두에 있는 놈 하나만 노려!"

명령이 끝나는 것과 동시에 성채 위에 있던 병사들이 활을 쏘기 시작했다.

피슝! 피슝!

화르르르릇!

한성의 앞으로 마나탄과 화염이 쏟아져 왔지만 그의 기세를 꺾을 수는 없었다.

자신을 보호하고 있는 마나 쉴드가 깎이며 줄어들고 있는 가운데 한성은 해머를 꺼내 들었다.

〈5권에서 계속〉